सॉरी मम्मी

सॉरी मम्मी

इस्मत चुग़ताई

लिप्यन्तरण

जानकी प्रसाद शर्मा

वाणी प्रकाशन

वाणी प्रकाशन
4695, 21-ए, दरियागंज, नयी दिल्ली 110 002
फ़ोन : +91 11 23273167 फ़ैक्स : +91 11 23275710
शाखाएँ
अशोक राजपथ, पटना 800 004, बिहार
कॉफ़ी हाउस कैम्पस, महात्मा गांधी मार्ग, इलाहाबाद 211 001, उत्तर प्रदेश
महात्मा गांधी अन्तरराष्ट्रीय हिन्दी विश्वविद्यालय, वर्धा 442 001, महाराष्ट्र
www.vaniprakashan.com
marketing@vaniprakashan.in
sales@vaniprakashan.in

Sorry Mummy
by Ismat Chughtai
Transliteration by Janki Prasad Sharma

ISBN : 978-81-8143-366-4
Collection of Stories

संस्करण 2005, 2007
तृतीय संस्करण 2023

मूल्य : ₹ 295

सिटी प्रेस, दिल्ली-110 095 में मुद्रित

वाणी प्रकाशन का लोगो मक़बूल फ़िदा हुसेन की कूची से

अनुक्रम

सॉरी मम्मी

आज फिर उसके बँगले में हुल्लड़ मचा हुआ था। शो केस की तरह सजा हुआ ड्राइंग रूम रौशनियों से झिलमिला रहा था। ज़िंदगी की उमंगों से सरशार नौजवान जिस्म राक एंड रौल की उन्मादपूर्ण धुन पर एक-दूसरे में गड्डमड्ड हो रहे थे। भारी भरकम क़हक़हों से लिपटी हुई नाज़ुक, महकी हुई किलकारियाँ आसपास के बँगलों में रहने वालों को हल्कान किए दे रही थीं। पूरी कालोनी पर गंभीर उदासी छाई हुई थी। सिर्फ़ मिसेज़ मिचल का बँगला जाग रहा था। बीवियाँ अपने पतियों को ख़ूनी निगाहों से घूर रही थीं जिनकी आँखों में हसरत सिसकियाँ ले रही थीं। सब उसे मम्मी कहते थे लेकिन इस अंदाज़ से जैसे उसे यह पवित्र संबोधन देते वक्त ख़ुद को माँ की गाली दे रहे हों। लोग उससे नफ़रत भी करते थे और नाराज़ भी रहते थे क्योंकि उसका काफ़ी रसूख़ था। उसकी पार्टियों में बड़े-बड़े प्रभावशाली लोग गर्व के साथ आते थे। उस वक्त पूना की फ़िल्म इंडस्ट्री अपने चरम पर थी। प्रभात का भरम क़ायम था। नवयुग चित्रपट ने लगातार कई कामयाब फ़िल्में दी थीं। शालीमार फ़िल्म्ज़ की धाक बँधी हुई थी। मम्मी ग्रुप डांस के लिए लड़कियाँ सप्लाई करती थी। शहर भर की क़ुबूले-सूरत एंग्लो-इंडियन लड़कियों की वह लाड़ली मम्मी थी। फ़िल्म में काम करने के शौक़ीन नौजवान पूना आकर उसके बँगले का रुख़ करते क्योंकि वहाँ बड़े-बड़े बंबई और पूना के प्रोड्यूसर सरेशाम को जमा हुआ करते थे। रेस के रसिया छोटे-मोटे राजा, जंग के ज़माने में कमाई हुई अंधा-धुंध दौलत को चौगुना करने के शौक़ीन नवधनाढ्य और उनकी दौलत को ठिकाने लगाने वाले गिद्ध! सब ही का वहाँ कल्याण होता था।

और मम्मी की लड़कियाँ निहायत कल्चर्ड और हसीन थीं।

मम्मी की उम्र फूलों की सेज पर नहीं कटी थी। उसका पति था। रानियों, महारानियों का मर्ज़ीदाँ। वह बड़े गर्व से उन तमाम रजवाड़ों के नाम लिया करती थी जहाँ मिस्टर मिचल पर हसीनाएँ क़ुर्बान हुआ करती थीं। मगर वह अपनी डोरा पर मरता था और अपनी चाहने वालियों के सारे तोहफ़े उसे ला-ला कर दे दिया करता था। एक दिन एक बदज़ात घोड़े ने उसे दे पटख़ा और उसकी गर्दन टूट गई।

एक बँगला, मेन बाज़ार में कुछ दुकानें, बंद गार्डन के क़रीब थोड़ी-सी ज़मीन और निहायत क़ाबिले-ज़िक्र बैंक बेलैंस छोड़कर मर गया था।

मिसेज़ मिचल पति के ग़म में दीवानी हो गई थी। दिल की वहशत कम करने के लिए उसने अनगिनत प्रेम किए मगर मिस्टर मिचल जैसा कोई नहीं पाया। जवानी के ज़माने में न जाने कितनों ने उसके लिए जानें दे दीं। बदक़िस्मती से मैं उसके किसी भी पुराने प्रेमी को न पहचान पाई।

जब उम्र ने बेवफ़ाई की और प्रेमी मुड़ गए तो मिसेज़ मिचल का बँगला फिर सूना पड़ने लगा। मगर उसने हिम्मत न हारी। बजाए अपनी हमउम्र उतरी हुई बूढ़ियों के उसने कम उम्र लड़कियों से दोस्ताना बढ़ाया। प्रेमी और प्रेमिका को मिलाने में बहुत फ़ायदे थे। एक तो उसका बँगला नौजवानों के प्यार की गर्मी से आलोकित रहने लगा, दूसरे कभी रिश्वत में या मुरव्वत में उस पर भी कोई मेहरबान हो जाता था। वह बहुत चाव से उस भीख को कलेजे से लगा लेती। कमसिन और अनुभवहीन प्रेमी के बड़े चाव-चोंचले करती और जब उसे कोई नौजवान तीतरी उड़ा ले जाती तो वह फिर से विधवा हो जाती और दरो-दीवार को ख़ुदकुशी की धमकियाँ देती। कई-कई दिन आँखें सुजाए, मुँह लटकाए फिरती। मगर सेहत अच्छी थी। लौट-पौट के फिर तत्पर हो जाती। सर से पैर तक खँडहर की मरम्मत कर डालती। बालों का शेड बिलकुल बदल डालती, भौंहों के कोण और आकार भी बदल देती और ज़्यादा चंचल और जागते हुए कपड़े बनवा लेती। क्योंकि मुफ़्त की शराब मिलती थी, नया प्रेमी मिलने में कुछ ज़्यादा हल-बैल नहीं लगाने पड़ते थे। नए कबूतर के फँसते ही वह धूम-धाम से अपना जन्मदिन मना डालती। कौन याद रखता कि वह साल में कितनी बार पैदा हुई थी? दिल का टूटना भी तो एक मौत है! और उसका दिल रबड़ का बना हुआ तो था नहीं जो टप्पे खाकर रह जाता। ज्यों-ज्यों दिन गुज़रते जा रहे थे, इन टप्पों की तादाद भी बढ़ रही थी। जब ज़िंदगी बोझ बन जाती तो वह शर्माई-शर्माई, मुस्कुराती हुई घर-घर अपने बर्थडे के बुलावे बाँटने लगती। लोग बंबई से उसका जन्म दिन मनाने आते क्योंकि मिसेज़ मिचल की पार्टियाँ बेहद पुरलुत्फ़ होती थीं। अधेड़ उम्र की थीं मगर निहायत चंचल बच्चियों की तरह इठलातीं, ठुनककर बात करतीं, निहायत बचकाने कपड़े पहनतीं। नज़र बिलकुल लौंडिया-सी नज़र आती। ग़ौर से देखने पर उनके चेहरे का रोढ़ापन क़ुदरत की कोई निहायत भौंडी हिमाक़त मालूम होता था।

बेहद ख़ुशमिज़ाज थीं। बात-बात पर किलकारियाँ मारतीं और सोने के तारों में जकड़ी हुई बत्तीसी इस फ़राख़दिली से निकोस देतीं कि चालाकी का संदेह भी न होता। निहायत ढीठ लगती थीं। जिन पत्नियों के पतियों को गर्ल्स फ्रेंड्ज़ मुहैया करतीं उनसे बहनापा जोड़ने के लिए आग्रहशील रहतीं। कोई कितनी भी उपेक्षा बरतता, निहायत बेरहमी से दुत्कार देता, मगर वह बग़ैर पलक झपकाए न्यौछावर हुई जातीं।

एक मैं उनसे बड़े तपाक से मिलती थी तो वह मुझे बड़ी मूर्ख और बदज़ात समझती थीं क्योंकि तमाम शरीफ़ज़ादियाँ उन्हें कमतर समझती थीं।

"हाँ बाबा हम तो पक्का सिनर (Sinner) हैं, एकदम heil में जाएगा।" वह बड़े भरोसे से दावा करतीं। उन्हें अपने गुनहगार होने पर औपचारिक तौर पर भी लज्जा नहीं थी। बल्कि कुछ गर्व ही था। गुनाह और जवानी का पुराना रिश्ता है। अगर जवानी से संबंध बनाए रखना हो तो गुनाह की नैमत मजबूरन झेलना पड़ेगी।

मिसेज़ मिचल को लड़कों ने काँधों पर उठा रखा था। और एक गोल दायरे में लेफ्ट़ राइट कर रहे थे। वह उन जवान कंधों पर सुर्ख अंगारा फिसलवाँ फ्राक में शोले बरसा रही थीं। उसके सुर्ख़ बाल गाढ़े-गाढ़े खून के लोथड़ों की तरह नंगे कंधों पर बह रहे थे। सुनहरी रुपहली दाँत यहाँ से वहाँ तक चेहरे पर बिखरे जगमगा रहे थे। उसके हलक़ से खुशी की एक जैसी चीखें उछल-उछल कर सोई हुई कालोनी को चौंका रही थीं।

मम्मी को आज़ादी से इस शरीफ़ों की बस्ती में धंधा करने की इजाज़त सिर्फ इसलिए मिली हुई थी कि उसकी क्लाइंट्स सब एंग्लो-इंडियन थीं, जो देस की लाज नहीं समझी जातीं। शायद इसलिए कि वे क़ाबिले नफ़रत सफ़ेद कौम़ की घिनावनी हिमाकतें थीं। साड़ी या ग़रारे में उसके यहाँ किसी हसीना को नहीं देखा गया। इस मुआमले में वह बड़ी सख़्त थी। उसकी पार्टियों में शिरकत के लिए लाज़िमी था कि फ्राक, स्कर्ट या जीन पहनी जाए। घरेलू झाड़-झंखाड़ पत्नियों से उकताए हुए साहबों को मसाला भी चटपटा और भिन्न-भिन्न प्रकार के ज़ायके मिलते।

मिसेज़ मिचल मुझे थर्ड रेट समझती थीं। फिर भी अपने दुखड़े सुनाने मेरी जान को ही आती थीं। उन्हें आम पत्नियों से बड़ी शिकायत थी कि वे उनसे तपाक् से नहीं मिलतीं। ख़ास तौर पर मिसेज़ वर्मा को वह किसी तरह नहीं समझ पाती थीं।

वर्मा जी नवयुग चित्रपट में अपनी अठारहवीं या बीसवीं फ़िल्म डायरेक्ट कर रहे थे। नवोदित कलाकारों में वे बहुत पापुलर थे। उन्होंने कितनी हीरोइनें बनाकर फेंक दी थीं। पत्थरों को भी छू देते तो वे तारे बनकर आसमान पर जगमगाने लगते....दूर उनकी पहुँच से बहुत दूर। जितनी हीरोइनें वे बनाते गए, उनकी क़िस्मत बिगड़ती गई। कोई लड़की उनकी नज़रों में जँच जाती तो पहले तो वह खुद उस पर बेतरह टूट कर आशिक़ हो जाते फिर उसे घिस-घिसा कर हीरोइन से भी आगे बढ़ा देते। इस प्रसंग में वह आगे-पीछे कुछ न देखते। प्रोड्यूसर से लड़ बैठते। कैमरामैन से जूतमपैज़ार की नौबत आ जाती। हीरोइन रूठ जाती, हीरो उनके खून का प्यासा हो जाता। सारा स्टाफ उन्हें गालियाँ देता, मगर उसे चोटी पर पहुँचाकर ही दम लेते।

और चोटी पर पहुँचने के बाद वह उनके ऐसी लात जड़ती कि ये लुढ़कते हुए नीचे आन गिरते। वह उनकी रखैल भी रह चुकी हो फिर भी निहायत पवित्र

और कुँवारी बन जाती। उनकी ख़रमस्तियों की तफ़सील बयान कर क़हक़हे लगाती। उसकी मासूमियत का क़ायल होना पड़ता क्योंकि उसकी मार्केट बन चुकी होती और फ़िल्म इंडस्ट्री में जिसकी मार्केट बन जाए वह माई-बाप बन जाता है।

मिसेज़ वर्मा अधेड़ पति की अधड़ी हुई पत्नी और चार बच्चों की निहायत कड़वी-कसैली माँ थीं। वह अनगिनत हीरोइनें झेल चुकी थीं। उनकी खुद्दारी कभी की घिस-पिट कर खाक़ में मिल चुकी थी। वर्मा जी अपने उरूज़ के ज़माने में, यानी जब उनकी फ़िल्म सैट पर होती, बड़े ठाठ से होटल में रहते थे। बदनामी से बचने के लिए नवोदित हीरोइन को एक अलग कमरे में रखते। उसके शाही ख़र्च प्रोड्यूसर के सर थोपे जाते। अपनी सारी तनख़्वाह मिसेज़ वर्मा को थमा देते और वह ज़रूरत से ज़्यादा सुघड़ापे से एक उजाड़ से घर में सब पैसे दबाकर बैठ जातीं। इतना ध्यान रखतीं कि घर स्टूडियो के क़रीब ही हो ताकि अगर तनख़्वाह आने में ज़रा भी देर होती तो वह अपनी मलगजी, मस्नूई रेशम की भदेसली साड़ी और कोल्हापुरी चप्पल फटकारती मजबूर और सताई हुई पत्नी का रूप धारण करके वहाँ पैदल पहुँच सकें। अच्छा है अगर साथ में एक अदद नाक बहता मरघिल्ला-सा बच्चा भी हो। वर्मा जी इस ड्रामे से बहुत काँपते थे और यथासंभव पगार पहुँचाने में कोताही नहीं करते थे।

मिसेज़ मिचल से उनके पुराने संबंध थे। जब वह अपनी पहली फ़िल्म बना रहे थे तो उन्हें आधी हीरोइन तो बना ही डाला। हालाँकि वह प्यार में मम्मी कहते थे मगर उन्हें जब किसी नई छोकरी की ज़रूरत महसूस होती तो अब भी फ़्लर्ट करने से नहीं चूकते थे। वह भी उन्हें देखकर तुतलाने लगती थीं। इस हिसाब से मिसेज़ वर्मा की असल सौतन मिसेज़ मिचल थीं। बाक़ी आफतें उन्हीं के वसीले से मिली थीं।

मगर यह नई आफ़त, जो मिसेज़ मिचल ने साल भर हुआ, वर्मा जी के सर थोपी थी, उनके लिए जान का बवाल साबित हो रही थी। वह होटल में रहने से संतुष्ट नहीं थी, बाक़ायदा शादी करने के लिए आग्रहशील थी। मिसेज़ मिचल को उन लड़कियों से सख़्त नफ़रत थी जो होम फ्रंट पर हमला करती हैं। सिविलियन आबादी पर बमबारी करना क़ानून शिकनी है। पैसा लो, प्यार लो मगर किसी के घर का खूँटा न उखाड़ो। कभी खूँटा इतना गहरा गढ़ा होता है कि ज़्यादा ज़ोर मारो तो बीच से टूट कर आधा हाथ में आ जाता है, आधा उधर भी गढ़ा रह जाता है और यह अधूरा खूँटा बीच सड़क पर थकेहारे बैल की तरह बैठ जाता है और यह थका-माँदा बैल प्यार-मुहब्बत की गाड़ी भला क्या खींच सकेगा! जब लोग इश्क़ न कर पाएँगे तो मिसेज़ मिचल की पार्टियों का नूर कहाँ से आएगा?

इसलिए वह जी-जान से यह कोशिश करती थी कि खूँटा अपने स्थान पर मज़बूती से गढ़ा रहे। प्यार का लेन-देन चले। एक से एक नम्बर वन हीरोइन बनती

रहे। इसीलिए उसे मामूली शक्लो-सूरत की लड़कियों से नफ़रत थी। फ़िल्म में हीरोइन नहीं बन पातीं तो किसी के गले में लटकना चाहती हैं ताकि उस पर ज़ोर डाल कर हीरोइन बनी रहें। लोग उसके बँगले में दुल्हनें ढूँढ़ने नहीं आते बल्कि जानलेवा दुल्हनों से पिंड छुड़ा के दो घड़ी हँसने-बोलने आते हैं। मिसेज़ वर्मा की नई आफ़त, मिसेज रूपा सिर्फ शादी का ही आग्रह नहीं कर रही थी, उसने वर्मा जी का मिसेज़ मिचल से मेल-जोल भी ख़त्म करा दिया। वह उन्हें ऐसी जगह क्यों जाने देती जहाँ से खुद उसने उन्हें बटोरा था।

अगर मिसेज़ रूपा जीत गई तो दूसरी छोकरियों को और शह मिलेगी। इसलिए मिसेज़ मिचल उसकी काट करने पर तुली हुई थी। यह वह जानती थी कि मिसेज़ वर्मा इतनी ढीली न होतीं तो नौबत यहाँ तक न पहुँचती, लिहाज़ा उसने उन्हें कसने का निश्चय कर लिया। मगर मिसेज़ वर्मा ने उसे बुरी तरह दुत्कार दिया था।

''तुम भी हद करती हो। खुद ही आग लगाती हो और आप ही बुझाने दौड़ें।'' उन्होंने मुझसे मिसेज़ वर्मा के बर्ताव की शिकायत की तो मैंने जल कर कह दिया।

''ओके, हम कंडम बात किया। पर बाबा अब हम बोलता ना हम सॉरी है। हमारे को क्या पता था वह साली ईडना एकदम हलकट है। रूपा का असली नाम ईडना डी सिल्वा था। निहायत संजीदगी से मिसेज़ मिचल ने एक निहायत शानदार प्रोजेक्ट का प्लान बनाया। फ़ौरन वर्किंग कमेटी का सदर और मानद सचिव मुझे चुन लिया क्योंकि मिसेज़ वर्मा मुझे नहीं दुत्कार सकेंगी। इन मानद पदों को हासिल करने के बाद यह मेरा फ़र्ज हो जाता है कि मैं मिसेज़ वर्मा की ओवर-हालिंग कराऊँ।"

''देखिए ना, मेरे सोफ़े का क्या हाल हो रहा है! मरम्मत करवाने की बस की नहीं है, भला मिसेज़ वर्मा की मरम्मत क्या करवा सकूँगी?''

''च....अरे बाबा इसमें क्या वाँदा है।'' उन्होंने मुझे समझाया कि यह मेरा नैतिक कर्तव्य है कि मैं उन्हें मैनी क्योरिंग पैडी क्योरिंग के लिए राज़ी कराऊँ। उनकी झुलसी हुई लटूरियों को, पर्मनिंट व्यू में जकड़वाऊँ और उनके थैला ऐसे जिस्म को क़ाबू में लाने के लिए उस दर्ज़ी से ब्लाउज़ सिलवाने के लिए तैयार करूँ जो एक ब्लाउज़ बाईस रुपए में सीता है। तमाम चोटी की फ़िल्म हीरोइनें क़हर मचा देने वाले ब्लाउज़ सिलवाती हैं कि क्लोज़ अप देखते ही सेंसर की क़ैंची भड़क उठती है।

ऐसे क़ैंची चलाऊ ब्लाउज़ से मिसेज़ वर्मा के जिस्म का झोल तो निकल जाएगा मगर उनकी रूह पर पड़ी तह-ब-तह शिकनें कौन मिटा सकता है! वर्मा जी की हीरोइन बनाने की पुरानी लत ने उनकी खुद्दारी को इतनी ठोकरें मारी हैं कि वह सिर्फ़ मलबे का ढेर बन कर रह गई हैं। इसका बदला वह सिर्फ़ एक तरीक़े से लेती हैं कि उन्हें बजाय इंसान के रुपया कमाने की मशीन का मर्तबा दे रखा है। मशीन को रिझाने के लिए सोलह सिंगार कौन करे? दो-चार पेंच हैं जिन्हें कसते रहें तो खटाखट चलती रहती है।

जैसे बहुत से मर्दों को औरत को क़ाबू में लाने के गुर मालूम होते हैं, उसी तरह मिसेज़ मिचल अपने आपको मर्दों को फाँसने के फन में माहिर समझती थीं और हर वक्त अपने आज़मूदा नुस्ख़े हलक़ से उतारने पर लगी रहती थीं। आसपास जितने भी फिल्म लाइन में काम करने वाले थे, वे अपनी पत्नियों को जाके दहलाते कि यह फ़िल्म लाइन है। यहाँ किसी का मियाँ सुरक्षित नहीं। माल की तरफ़ से चौकस रहो। क़दम-क़दम पर फिसलन है। शरीफ़ से शरीफ़ पति का पैर रपट जाता है। पतियों को बचाए रखने के लिए बड़े जोड़-तोड़ की ज़रूरत है। जिस असलहे के बल पर दुश्मन जीता है, वही आधुनिकतम हथियार इस्तेमाल करना चाहिए। जहाँ हम और बातों में पिछड़े हुए हैं, पतियों की रक्षा का प्रोग्राम भी निहायत फुसफुसा है।

विलायत में किस क़दर तीर-ब-हदफ़[1] सिंगार के सामान, तेल, छोटे-बड़े कपड़े तैयार किए जाते हैं। दिलरुबा पाउडर, दिलकश लिपिस्टिक्स और शौहर फाँस क्रीमें। जब ही तो फिल्मी लड़कियाँ हमारे मर्दों को ले उड़ती हैं मगर यहाँ की लड़की विलायती को नहीं घेर पातीं।

भली बीवियाँ लरज़ उठतीं और फ़ौरन मिसेज़ मिचल की राय से हथियारबंदी शुरू कर देतीं। कहने वाले कहा करते थे कि दुकानदार उन्हें कमीशन देते हैं।

और मैं निहायत मरऊब[2] यह सोचा करती कि इतनी दिक्कतें, औरत की सारी क्षमताएँ एक क़हवाख़ाने को चलाने में ज़ाया हो रही हैं। लोग इसे किसी मुल्क का क़ानून मंत्री क्यों नहीं बना देते?

जब मिसेज़ ने उनकी बातें एक कान से सुनकर दूसरे कान से उड़ा दीं तो उन्होंने भविष्यवाणी की कि बहुत जल्द मिसेज़ रूपा वर्मा जी को समूचा निगल जाएगी और डकार लेने की भी ज़हमत गवारा नहीं करेगी।

मगर हालात ने एकदम से पलटा खाया। मिसेज़ रूपा ने ऐन वक्त पर गियर बदल दिया वरना मिसेज़ वर्मा की दुनिया सुरमा होकर रह जाती। हीरो की गर्लफ्रेंड औरतों की शाश्वत बीमारी के सिलसिले में अस्पताल गई। ये ग़ैरहाजिरी कुछ पेचीदगियाँ पैदा हो जाने की वजह से लंबी हो गई। उकताकर वह मिसेज़ रूपा पर मुस्कराहटें बिखेरने लगा।

फ़िल्म की रिपोर्ट कुछ ठंडी थी। मिसेज़ रूपा को अब तक कोई अच्छा आफ़र नहीं मिला था। वर्मा जी अपनी क़ब्र काफ़ी गहरी खोद चुके थे। उनके साथ दफ़न होने का उन्हें क़तई कोई शौक़ नहीं था। इसलिए वह भी हीरो पर टूट पड़ीं जिसकी मार्केट अच्छी थी।

---

1. ठीक निशाने पर
2. डरी हुई।

वर्मा जी फ़ौरन तन गए और धड़ाधड़ उसके क्लोज़ अप काटने लगे। पिक्चर उड़ गई और वर्मा जी होटल के बिलों से न जूझ सके और बौखलाकर मिसेज़ वर्मा के आँचल की ओट ले ली। उन्हीं दिनों फ़िल्म इंडस्ट्री ने भी गियर बदल डाला। मद्रास की एक फ़िल्म 'चंद्रलेखा' ने बॉक्स आफ़िस की खिड़कियाँ तोड़ डालीं और मद्रास की फ़िल्म इंडस्ट्री एक धमाके से मैदान में और पंजे गाढ़ने लगी। अशरफी ने दोनी-चौनी का तख़्ता लौटा दिया और पूना की फ़िल्म इंडस्ट्री की चूलें ढीली होने लगीं। सारी कंपनियाँ एक-एक करके दम तोड़ने लगीं। प्रभात की क़रना बजाने वाली का ट्रेड मार्क ग़ायब हो गया। नवयुग चित्रपट में ताला पड़ गया। शालीमार ने बिस्तर बोरिया समेटकर हिज्रत कर ली। पिक्चर के साथ-साथ मिसेज़ रूपा के भविष्य पर भी ताला पड़ गया। हीरो की गर्ल फ्रेंड की बीमारी की पेचीदगियाँ एक मोटे-ताज़े बेटे की सूरत अख़्तियार कर गईं और वह मजबूरन एक फ़र्माबरदार बाप बन गया। ग़रीब न घर की रही न घाट की। मुल्क छोड़कर रुख़्सत होते हुए टामियों की इनायत से उसने बंबई में एक दो कमरे का ओनरशिप वाला फ़्लैट ख़रीद लिया और सेकंड हीरोइन के रोल करने पर तैयार हो गई।

फ़िल्म इंडस्ट्री की भगदड़ के सिलसिले में वर्मा जी भी अपना टाट-पलान बटोर कर दादर आ गए। मेरा भी पूना से नाता टूट गया। मम्मी एक चहकती हुई दिलचस्प याद बनकर रह गई। कभी इधर-उधर से ख़बर मिल जाती कि बड़ी डेस्पेरेट हो गई है।

फिर सुना मम्मी एक निहायत संगीन लफ़ड़े में फँस गई। उसका बँगला सूना रहने लगा था। बस देस के शौक़ीन लोगों का आसरा रह गया था। कभी महाबलेश्वर या पंचगुनी आउट डोर शूटिंग पर आते-जाते उसके प्रशंसक सोडे और व्हिस्की की पेटियाँ ले जाकर उसके यहाँ दम लेने के लिए रुक जाते। मम्मी फ़ौरन अपना जन्म दिन मना डालती। एक-दो रातें जगमगा उठतीं। फिर रंग के गुब्बारे फटते। मम्मी बदमस्त कंधों पर चढ़कर किलकारियाँ मारती।

फिर राहगीर अपनी राह लग जाते, गुब्बारे पिचक जाते, न्योन की बत्तियाँ दम तोड़ देतीं और वह ख़ाली बोतलें और टीन बेचकर अंडों और डबल रोटी वाले के तक़ाज़ों का बोझ कम करती।

उसके कपड़ों के रंग धुल-धुल कर फीके पड़ने लगे। हद तो यह है कि सुर्ख़ बालों में चावल चमकने लगते और हेयर ड्रेसर का दिल न पिघलता। कमबख़्त को मम्मी ने कितने गाहक दिलवाए थे, अपने उरूज के ज़माने में। पंचगनी जाते हुए एक बार मेरी उससे दो घड़ी को मुलाकात हुई। बड़ी खसटी हुई लग रही थी कि उसे मम्मी कहते हुए कि उसे माँ की गाली का एहसास नहीं हुआ।

इसीलिए जब सुना कि वह लफ़ड़े में फँस गई है तो कुछ ज़्यादा तअज्जुब नहीं हुआ। लड़कियाँ पहले से खुले बंदों सप्लाई करने लगी थीं। गो, अब अच्छा

माल बंबई की तरफ़ रल आया था और उसके पास खुश शक्ल आयाओं का स्टाफ़ रह गया था। उन्हें भी वह बड़े सलीके से काट-छाँट के तरहदार बनाने में कामयाब हो गई थी। मम्मी की गर्ल्ज़ अब छोकरियाँ कहलाने लगी थीं। उनमें से कई ग्रुप डांस या अव्वल दर्जे की एक्ट्रेस में चांस देने के क़ाबिल हो गई थीं।

एक फटी हुई रियासत के सरनिगूँ का दिल एक कान्वेंट की लड़की पर आ गया। मुसाहिबों ने मम्मी से रुजू होने की सलाह दी कि वह किसी ज़माने में दिलों को जोड़ने की ठेकेदार रह चुकी थी। अपने फ़न को अब भी नहीं भूली थी। आफ़र सुनकर मम्मी लरज़ उठी। लड़की किसी बारसूख़ अफ़सर की बेटी थी। नाबालिग़ और बला की हसीन। मगर मुआविज़ा मालूम करके उसकी राल टपक पड़ी।

बड़ी कहा-सुनी के बाद तय हुआ कि लड़की मिल सकती है। सिर्फ़ देखने के लिए, बरतने के लिए नहीं। आशिक़ ने हामी भर ली और एक बार मम्मी का बँगला जी उठा। ट्विस्ट नया-नया निकला था और जब वह नोख़ेज़ कली अपने कच्चे जिस्म को ट्विस्ट करती तो अच्छे-अच्छों के दिल मरोड़ के रख देती।

वह राजा का बच्चा उल्लू का पट्ठा शराफ़त और इंसानियत के सारे उसूल तोड़कर उसे ले भागा।

''हमको लल्ली बोला मिसेज़ मिचल एकदम थर्ड क्लास ब्राथल वाला नाम लगता है। फिर हम जब तेहरान गया तो हमको शहनाज़ बहुत अच्छा लगा। साउंड भी अच्छा करता है।''

''तेहरान भी हो आईं।''

''अरे हम वहाँ साढ़े तीन साल रहा। हमने फ़ारसी बोलना भी सीखा। मन नमी दानी, शुभा नमी दानी।'' वह मेरे ऊपर फ़ारसी का रोब झाड़ने लगी।

''ठीक कहती हो। वाक़ई मन हेच नमी दानम लेकिन शुमा हमा दानी।''

''यस, यस।'' वह हस्बे आदत किलकारियाँ छोड़ने लगी।

मेरे दिल में भी खदबद हो रही थी और वह भी अपने खिलौने के लिए बेताब थी। ड्रेसिंग रूम में चारों तरफ़ अलमारियाँ जड़ी हुई थीं जो क़िस्म-क़िस्म के लिबासों से अटा-अट भरी पड़ी थीं। वह इनकी ख़ूबियाँ और क़ीमतें बताती रहीं। दराज़ें कास्ट्यूम ज्वेलरी से भरी पड़ी थीं। सैण्डिलों की क़तारें लगी थीं। इतने बड़े-बड़े फ़ेस क्रीम के जार और सेण्ट के फ़राबे तो शायद 'साहब सिंह' में भी न होंगे। तीन आइनों वाली ड्रेसिंग टेबल ऐसी लबालब भर रही थी कि तिल धरने की भी जगह न थी।

''यह अलादीन का लैंप कहाँ से मिल गया, मैडम शहनाज़?'' मैंने जलकर पूछा। वह बेतहाशा कोयल की तरह कूकने लगी। फिर एकदम संजीदा हो गई और माथे पर उँगली मारकर बोली—

''हैड...और कुछ नहीं....हैड माई डार्लिंग।''

मुझे ऐसे मालूम हुआ मेरे सर की जगह एक बटन टँका हुआ है। चार छेदों

वाला नन्हा-सा काँच का बटन। और इस सस्ते काँच के छलनी बटन पर वे सारी क़िताबें टूट पड़ीं जो मैंने पढ़ी थीं। मैंने चाहा काँच के बिखरे हुए ज़र्रों को चुन लूँ मगर मेरी उँगलियाँ लहूलुहान हो गईं और किरचियाँ पेवटों में खटकने लगीं।

बेडरूम से लगा हुआ कमरा बिलकुल फ़ैक्ट्री बना हुआ था। एक तरफ़ एक गोलाकार आसमानी रंग का टब था। बीचोंबीच डॉक्टरों की जाँचटेबल जैसा मेज़नुमा बिस्तर लगा हुआ था जिस पर रेक्सीन का कवर पड़ा था। दाईं तरफ़ कमर और कूल्हों पर से ज़ायद गोश्त छीलने की मशीन रखी हुई थी। "इस कमर पट्टे से एक दम स्लिम बॉडी हो जाता है।" उसने एक पट्टा कूल्हों पर उड़ाया और बटन दबा दिया। ख़मीरी आटा थरथरा उठा।

''इससे रग पट्ठे टाइट होते हैं, एकदम जवान का माफ़िक़। और चर्बी भी कटती है। यह फ़ेस मसाजर है। रिंकल मिट जाते हैं।'' एक पूरा शेल्फ़ हार्मोन क्रीमों और रंग निखारने के उबटनों से भरा हुआ था। तरह-तरह के ख़िज़ाब, तोश वग़ैरह जिनके आड़े-तिरछे फ्रेंच नाम मुझसे पढ़े भी नहीं गए।

मुख़्तसर में, उसने बताया कि लिली ड्राइंग की सरपरस्ती और सरमाए से उसने ये ब्यूटी पार्लर खोल रखा है। बिलकुल जैसे मोटर के कारख़ानों में टूटी फटीचर मोटरों की मरम्मत की जाती है; वैसे ही यहाँ घिसी-पिटी, पंजर ढीले, चर्बी से लदी-फँदी औरतों की मरम्मत की जाती है। ठोंक-पीट और रोग़न मालिश के बाद बिलकुल नई मालूम होने लगती हैं।

''छोकरियों के धंधे में सिर्फ़ माथा फोड़ी है। मर्द लोग पेट के बड़े हलके होते हैं। जब तक चार यारों के सामने डींगें न मारें दाम वसूल नहीं होते। फिर क़ानून के हाथों में चल होने लगती है और तड़ी पार होना पड़ता है। छोकरियों से तो छोकरा लोग अच्छे होते हैं।''

''क्या वे मर्द नहीं होते?'' मैंने पूछा।

''होते तो हैं, मगर मर्द में और छोकरे में बड़ा डिफ़रेंस होता है।'' उसने फिर हँसी की पिचकारी छोड़ी और आँखों में ख़्वाब तैराने लगी। ''और फिर कितने नाई होते हैं! मगर किसी के सामने अपनी आमदनी के बारे में डींगें नहीं मार सकते, लेकिन औरत जब जिस्म फ़रोशी करती है तो उसे लाचार, मजबूर और समाज की सताई कहा जाता है। सब उस पर तरस खाते हैं। मगर मर्द ज़ात ऐसा करे तो लोग उससे घिन खाते हैं। जभी तो बेचारे खुले बंदों क़ानून की सरपरस्ती में कोठे नहीं सजा पाते।''

फिर वह एकदम अपने प्यारे बॉइज़ की सूची गिनाने लगी। हालाँकि इन मनहूस बॉइज़ ने हमेशा निगोड़ी की लुटिया ही डुबोई। सारी जायदाद इन्हीं के पीछे ग़ारत हुई। जो कुछ छोकरियों के ज़रिये कमाया, इन हरामज़ादों पर फूँक दिया।

यह एक और मुश्किल है कि लड़कियाँ तो शादी की ताक में रहती हैं। और

ये शादी से बिदकते हैं। शादी जा के शरीफ़ज़ादियों ही से करते हैं।

"पर विक्की बहुत शोर करके रोया।" वह उदास थी मगर विक्की के रोने पर मुस्कुरा पड़ी।

"लो भई, निगोड़ा काहे को रोया!" मैंने अहमक़ों की तरह पूछा।

"बोला, हमको शादी नईं मँगता। हम तुमसे लव करता। सूसाइड करेगा।"

"तुमने क्या किया?"

"हम क्या करता, हम भी रोया।"

फिर एकदम चहककर बोलीं कि "विक्की की औरत प्रिगनेंट है। मार्च में बेबी आएगा।"

"तुम बिलकुल जीलस नहीं होतीं?"

"क्या बात करता? हम काहे को जीलस होवे? वह हर साल हमको क्रिसमस कार्ड भेजा। दशहरा, होलीडेज़ में आया....ओह कितना नाटी है!" वह बदन चुराकर अपनी चिरपरिचित किलकारियाँ छोड़ने लगी। फिर निहायत वाह के सुरों में एक ठंडी मीठी आह भरी और अँगड़ाइयाँ लीं। मुझे ऐसा लगा जैसे उनका एकांत भंग कर रही हूँ। सटपटाकर रह गई। इतने में टेलीफ़ोन की घंटी कनकनाई और वह मस्नूई पलकें पटपटाकर तोतली आवाज़ में इठलाने लगीं। जैसे उनका चहेता फ़ोन के चोंगे में बैठा हो। मेरा जी काफ़ी झुलस चुका था।

"अच्छा अब चलता हूँ।" मैंने उठना चाहा।

"ओह! प्लीज़ ठहर जाओ। सुंदर आ रहा है।" उन्होंने ऐसे चहककर कहा गोया मैं सुंदर के लिए बिलख रही थी। फिर अँगूठे और कलमे की उँगली का छल्ला बनाकर हवा में लहराते हुए एक आँख दबाकर बोलीं, "ओफ़! क्या मस्त छोकरा है?"

जब वह मुझे बस में बिठाने चलीं तो गुंडे उन्हें देखकर सीटियाँ उड़ाने लगे। गो, वह उम्र में मुझसे दस-पंद्रह बरस बड़ी थीं मगर वह सड़क की चकाचौंध भरी रौशनियाँ और उनके निहायत नुकीले और धारदार कपड़े, ठमका-सा क़द, रुपहली जुल्फ़ें, लोग ज़रूर उन्हें बेटी समझ रहे थे या शायद यह सोच रहे थे कि कोई खुशकिस्मत नायिका अपनी रोटी का सहारा नई नवेली और तरहदार नौची को ठिकाने लगाने जा रही है।

एकदम घड़ों अहसासे-कमतरी मेरे कंधों पर रखे हुए सस्ते काँच के बटन पर टूट पड़ा। जी चाहा कि अपनी बरतरी और उसकी नीचता का ऐलान करूँ, इन अहमक़ों को बताऊँ कि मैं एक मुक़द्दस अदीबा[1] हूँ और यह एक बूढ़ी क़हवा है। देख लेना हश्र के रोज़ मैं जन्नत में जाऊँगी और यह दोज़ख़ का कुंदा बनेगी।

---

1. पवित्र लेखिका।

लेकिन फिर यह सोचकर दिल बैठने लगा कि वहाँ भी यही हिस्से-बखरे बाँटने वाले हुए जो इस दुनिया में हैं, जिन्होंने मुझे बसों के धक्के बख़्शे हैं और इसे इम्पाला, तो मेरी छुट्टी हो जाएगी।

''वह देखो, उधर इंदु रहती है। नेपल्स में मिली थी।''

कटे पर नमक छिड़कने को वह ऊँची-ऊँची इमारतों में रहने वाले ऊँचे-ऊँचे दोस्तों के नाम गिनाने लगीं जिनसे उनकी दाँत-काटी रोटी थी। वह उन्हें उनके प्यार के नामों से याद कर रही थीं। वे सब उन पर सदक़े क़ुर्बान थीं।

जल के मैंने चाहा फ़ौरन 'सोशलिज़्म' की टट्टी के पीछे दुबक जाऊँ। एक ज़ोरदार भाषण झाड़ने लगूँ कि उसके होश ठिकाने कर दूँ। (ये अंधे महलों में रहने वाले सरमायादार ग़रीबों का खून चूसते हैं। इनके किरदार पस्त, ज़मीर काले और दिल गुनाह से लबरेज़ हैं और फुटपाथ एड़ियाँ रगड़ने वाले कोढ़ी और मदकूक़[1] इंसान बुलंद किरदार वाले हैं। इनके ज़मीर रौशन और दिल रौशनी से लबरेज़ हैं।)

मगर यह सोचकर जी बैठ गया कि यह अंधाधुंध क़िस्म की औरत ठहरी, कहीं यह न कह दे कि डियर! तब तो ये खून चूस कर बड़ी क़ुर्बानी कर रहे हैं कि खुद राँदा-ए-दरगाह[2] बनकर करोड़ों को इंसानियत का अलमबरदार बना रहे हैं। दूसरे, वह इतनी सरपट बोल रही है कि मेरी काहे को सुनेगी?

अभी कुछ दिन हुए मिसेज़ कपूर का फ़ोन आया। बातों-बातों में उन्होंने बताया कि मैडम शहनाज़ को गुंडों ने पकड़ लिया। बड़ी दुर्गत बनाई ग़रीब की। रेत पर बेहोश पाई गई।

ऐहे, निगोड़ी, मेरा जी कट गया। खुदा ग़ारत करे इन दरिंदों को। मैंने फ़ोन किया तो उसकी आया ने बताया, ''मेम साब बहुत बीमार हैं।''

मैं जब पूछ-गुछ को पहुँची तो उसकी इबरतनाक हालत देखकर सन्न रह गई। वह अपने डबलबैड पर रेज़ा-रेज़ा बिखरी पड़ी थी। मुँह ख़ाली बटुए की तरह सिकुड़ा हुआ था। ठोड़ी नाक की फुनग से लगी हुई थी। रंगत जैसे मुर्दा छिपकली। उस दिन पहली बार उसके ज़ाती बाल दिखाई दिए। प्याज़ी चंदिया पर मैला-मैला उलझा हुआ कच्चा सूत चिपका हुआ था। पहले तो जी चाहा ताने देकर कलेजा छलनी कर दूँ कि कमबख़्त और फिरो छम्मक छल्लो बन के। बंबई शहर में औरत की इज्ज़त वैसे ही सूई की नोक पर टिकी रहती है।

मगर जब वह मुझे देखकर बिलख पड़ी तो मेरा जी भी भर आया।

''हरामी लोग, सारा एकदम मवाली!'' वह सिसकियाँ भरने लगी।

समझ में नहीं आ रहा था कैसे ढाढस बँधाऊँ? जो औरत मुसीबतों के पहाड़

---

1. तपेदिक के मरीज़।
2. दरगाह से निकाला गया।

टूटे तो भी मुस्कुराती रही, कमीने गुंडों ने इस निगोड़ी का कचूमर निकाल दिया। मेरे दिमाग़ में भयानक सीन चक्कर लगाने लगे।

''हुआ क्या?'' मैंने कुछ कहने की ग़रज़ से अहमक़ों की तरह पूछा।

''हम डौली का कवर सीट उसे देने गया।'' उसने थकी हुई बूढ़ी आवाज़ में तफ़सील बताई, ''डौली अक्खा दिन रमी खेलता। हम बोला, तुम पीछे रमी खेलो, पहले यह ड्राई कर लो। बाद में बोलेगा, छोटा है, बड़ा है। फ़ेर हम क्या करेगा? हम फ़ारेन से माल मँगाता है।''

''मगर वो गुंडों ने जो...''

''ओह...!'' एकदम से उसका चेहरा बदल गया, ''साला बास्टर्ड मवाली लोग!'' शर्म और ग़ैरत से उसका चेहरा लाल हो गया।

''तुम चीखीं-चिल्लाईं नहीं?''

''नईं बाबा, हम कभी बूम मारा, हम तो इस्माइल किया, तुमको क्या मालूम?''

उफ़ कमबख़्त मारी को मुस्कुराने की क्या ज़रूरत थी।

''साला एकदम पियेलाला था।'' वह तुतलाई तबसे मालूम पड़ा मुँह में एक दाँत नहीं।

''फिर?'' मैंने आतुरता से पूछा।

''हम बोला, कैसा आदमी हैं, हमारा हाथ-पैर तोड़ेगा। इतना रफ़ कायको होता। ओ कुछ सुनता ई नहीं। बंदर का माफ़िक़ बात करता। बाबा हमारा तो मस्तक फिर गया। हमारा नवा एप्रिन फट गया। हमारा डेढ़ सौ पाउंड का बत्तीसी गिर पड़ा। ऐसा धक्का मारा। फट दो टुकड़े। हम इटली में पूरा डेढ़ सौ का बनवाया था। आई माँ इंडिया में काँ मिलेगा, बोलो?'' गुस्से से वह लाल-पीली होने लगी। ''हमारा फ़िफ्टी पाउंड का विग एकदम कचरा कर दिया।''

''फिर?'' मैंने सोचा नेकबख़्त बत्तीसी और विग का मातम किए जा रही है, आगे नहीं बढ़ती।

''भाग गया साला बास्टर्ड, अपनी माँ का ख़सम....'' वह निहायत अछूती गालियाँ तराशने लगी।

''भाग गए...मगर मैंने तो सुना...वो मिसेज़ कपूर कह रही थीं कि तुमने पुलिस को बयान दिया कि तुमको गुंडों ने बेइज़्ज़त किया।''

''हमारा कितना इंसल्ट किया!'' वह भड़ककर उठ बैठी। मैंने कभी उसको रोते हुए नहीं देखा था। इस वक्त उसकी बेपलकों वाली मरघिल्ली आँखें लगातार आँसू बहा रही थीं।

''मालूम हमको क्या बोला?''

''क्या बोला?''

"सॉरी मम्मी!"

"ओह!"

"तभी हम फ़ेंट हो गया।"

मगर मैं फ़ेंट न हो सकी। नमक का थंबा बनी बैठी रही।

बहू बेटियाँ

जब सुबह ही सुबह झुकी हुई नज़रों से माथे पर ज़रा-सा आँचल खींच कर हलीमा ने बेगम को सलाम किया तो उनकी बाछें खिल गईं। ख़ैर से साहबज़ादे की तरफ़ से जो जान को धगदा लगा हुआ था, वह तो दूर हुआ। फ़ौरन दरमा-ए-सख़ावत[1] में उबाल आ गया—छह जोड़े जो इसी मुबारक मौक़े के लिए तैयार रखे थे, इनायत हुए। हाथों में नोगरियाँ, गले में ठुस्सी और जड़े हुए एरन, जो सनोवर की मौत के बाद छोटे मियाँ की बाँदी के लिए सेंत लिए गए थे। अपने हाथ से बेगम ने दे दिए। तेल फुलैल, सुरमा मिस्सी...और अब तो निगोड़े पाउडर का भी फ़ैशन चल गया है...सब ही कुछ मुहैया किया गया। साहबज़ादे को लौंडी में बेगम का मज़ा मिलना चाहिए! बाजरे की रोटी भी अगर सच्चे घी से खाई जाए तो पराँठों का लुत्फ़ देती है।

मनहारिन जी ने सुर्ख़-सब्ज़ चूड़ियाँ पहनाईं। ग़रीब हलीमा घुटनों में सर दिए बैठी रही। मनहारिन बी की गंदी-गंदी दुआओं पर पानी-पानी हुई जा रही थी। मर्दानख़ाने से लगा हुआ छोटा-सा घर छम्मन मियाँ और उनकी बाँदी के लिए झाड़-पोंछ कर सँवारा गया। बाँदी भी आरज़ी बीवी होती थी। साहबज़ादे की ख़िदमतगुज़ारी से जो वक़्त मिलता, वह सिलाई-कढ़ाई और घर की सजावट में बीत जाता। भारी काम नहीं लिए जाते। ज़्यादा-से-ज़्यादा गिलौरियाँ बना देना, पान धोना, सुपारी कतर देना, अपने कपड़ों के अलावा मियाँ के कपड़े धोबी को लेना-देना, काज, बटन का ख़याल रखना, गुस्ल करवाना और ऐसे ही हलके-फुलके काम। जभीं तो बाकी छोकरियाँ नवाबज़ादों की बाँदियों को बड़े रश्क की निगाह से देखा करती हैं। बासी सड़े खानों के बजाय साहबज़ादे के किसी को नंगी-नंगी नज़रों से घूरा तक नहीं। सब ही का अरमान था कि अल्लाह उनके नसीब में भी छम्मन सरकार जैसा नवाबज़ादा लिखा हो। गवैयों ने पकड़कर उसे सचमुच दुल्हन बना डाला। मेहँदी लगाई, खूब मल-मल कर नहलाया। निगोड़ी रो पड़ी। गंदा धन छोकरियों ने उसकी धज्जियाँ बिखेर दीं।

1. उदारता का समुद्र।

छम्मन मियाँ की खुशी तो नजम बिटिया के हार-फूल से भी ज़्यादा बढ़-चढ़ कर हुई। ज़ोरदार रतजगा हुआ। नायाब बो बो मस्जिद में ताक़ भरने गईं। मक्ता दाढ़ीदार मौलवी ने मीलाद मुबारक पढ़ा। रात को शानदार दावत हुई। घर में मिरासिनें और बाहर क़व्वाल आए। बड़े सरकार तो मुजरे की भी ज़िद कर रहे थे। मगर उनकी मुँह चढ़ी रंडी किसी शादी में गई हुई थी।

तो फिर शादी सर के क्या सींग होते हैं! सच पूछिए तो क्या नहीं हुआ। जहेज़ भी मिला मुँह दिखाई भी हुई। बस निकाह के दो बोल नहीं पढ़े गए। वैसे तो छम्मन मियाँ हर साँस में निकाह के दावे करते हैं मगर नायाब बो बो का कहना है :

"इन नवाब बच्चों के वादे पानी के कुलबुले होते हैं। वैसे बन्नो जूते खाने का शौक़ हो तो कर लो निकाह, एक छोड़ दस करो पर रहोगी बाँदी की बाँदी। बेगम बनना था तो किसी नवाबज़ादी की कोख से जन्म लिया होता।"

शीर माल, शाही कबाब और बिरयानी खाकर बीवियाँ कल्लों में गिलोरियाँ दबाकर गाव-तकिए के सहारे हो बैठीं तो अल्लाह रक्खे छम्मन मियाँ और हुरमा बिटिया की शादी का जिक्र निकल आया। हलीमा जो पास ही बैठी गिलोरियाँ लगा रही थी, कत्थे की चमची चूने में चूने की कत्थे में डालती रही।

मरियम बाजी की सालगिरह भी अचानक हो गई। वैसे तो वह जून में पैदा हुई थी लेकिन नवंबर कोई फ़ासले पर न था। दरअसल यह दावत अनीस मियाँ के कहने पर हुई थी। वह मरियम के लिए एक बहुत लायक लड़का ढूँढ़ कर लाए थे, आज उसे एक.....

मरियम सफ़ेद झाग-सी साड़ी में वाक़ई कोई मुक़द्दस रूह लग रही थी। आज उनकी रंगत मोम जैसी बेजान हो रही थी, आँखों में अनजानी दास्ताँ थी। फ़रीद अहमद उसे मसहूर[1] होकर तक रहे थे। न जाने अनीस ने मरियम के कानों में क्या कह दिया कि आँसू टप-टप गिरने लगे। वह शादी के लिए तैयार नहीं थी।

"मुझे शादी नहीं करना।" मरियम ने पहले यह कह दिया था।

"ऐ लड़की दीवानी हुई है। तुम्हारे पापा बहुत अच्छी सर्विस दिलवा देंगे। लड़का ग़रीब घराने का है मगर सैयद है।"

"वह सैयद हो या शेख, मुझे किसी से शादी नहीं करना।" वह रोती हुई कमरे में भाग गई थी। हुरमा की निगाहें दरवाज़े पर लगी थीं। सब आ चुके थे, सिर्फ़ मंसूर ग़ायब थे। और जब वह मैली कमीज पहने, बालों में उँगलियों से कंघा फेरते भरी महफिल में आन धमके तो जी ही जी में वह खुश हो गई।

"अरे, लड़के कहाँ ग़ायब थे? ऐसी कौन-सी नौकरी है कि दिन है तो काम, रात है तो काम। आज इतवार को भी काम था?"

---

1. जिस पर जादू किया गया हो।

"अरे मुमानी बेगम नौकरी न नौकरी की दुम....बेगार है बेगार । तनख़्वाह नहीं मिलती।" अफ़ज़ल मियाँ ने समझाया।

"उई खुदा की मार इस नौकरी पर। शायद अभी मुस्तकिल नहीं हुए।"

"अका बी तनख़्वाह का तो ज़िक्र ही नहीं। मुस्तक़िल होकर भी नहीं, मिलती।"

"ऐ लोगो यह कैसा अँधेरा है? लड़का दिन-रात काम में जुटा रहे। और कौड़ी नहीं मिलती। ऐ भैया क्या अल्लाह वास्ते का काम है?"

"अल्लाह वास्ते का क्यों, शैतान वास्ते का कहो। यह जो आए दिन शहर में लाठी-गोली चलती है, यह उन्हीं की इनायत का नतीजा है।" हैदर चचा ने क़हक़हा लगाया।

"ऐ तो यूँ कहो पुलिस में है, पर भैया पुलिस में बड़ी आमदनी है।"

"ऐ अका बी तुम ठहरीं सदा की कूढ़ मग़ज़। तुम्हारे पल्ले नहीं पड़ेगी यह बात। काहे को सर खपा रही हो? मज़े से छालिया काटो, छालिया।"

"अका बी यूँ समझो कि पुलिस की लाठियों के लिए खोपड़ियों की ज़रूरत होती है। बस ये लोग थोक में खोपड़ियाँ सप्लाई करते हैं।" हैदर चचा बोले।

"ऐ हे लड़के ये क्या सड़पना है? ढंग की नौकरी क्यों नहीं ढूँढ़ता?" अका बी बोले चली गईं।

"आप नौकर रख लीजिए अका बी।" मंसूर ने उनके पास घुसकर कहा।

"ऐ चल दीवाने!"

"सच अका बी आपका पानदान माँझा करूँगा, वज़ू का लोटा भरा करूँगा और पनकुट्टी में पान कूटकर खिलाया करूँगा।"

"मंसूर मियाँ हर बात मज़ाक़ में उड़ा देते हैं। आख़िर नौकरी से क्यों इनकार है?"

"इनकार तो नहीं।" मंसूर खुद को निवालों के नरग़े में देखकर सटपटा गया।

"मिल जाए तो करोगे?" हैदर चचा बोले।

"आ.....आ.....जी-हाँ।"

"भई नौकरी हिमाक़त है। पैसे-धेले हों तो बिजनेस करो।"

"खास तौर पर आपकी बिजनेस?" रशीद ने दबी ज़बान से कहा।

"यार रहने दो झाड़ का काँटा बनकर लिपट जाएँगे।" मंसूर ने कुहनी मारी, फिर हैदर चचा से कहा।

"जी आप बिलकुल दुरुस्त फ़रमाते हैं।"

"और तुम चाहो तो इंग्लैंड की नेशनलिटी दिलवा सकते हैं तुम्हें।"

"चचा आप क्यों इंग्लैंड जाकर नहीं रहते?" रशीद ने पूछा।

"ये तुम्हारी चची अम्माँ, हाय तौबा मचाने लगती हैं।"

"ऐ हे, कौन इतनी दूर जाकर मिट्टी पलीद करवाए। मरो तो फ़िरंगियों के

हाथों आक़बत ख़राब हो।'' चची ने बात को खोलकर कहा।

''बेगम इसकी तुम चिंता न करो, हम इंशा अल्लाह प्लेन चार्टर्ड कराके तुम्हारी मैयत ले आएँगे।''

''खुदा न करें, मरें इसके दुश्मन!'' अका बी बिगड़ने लगीं।

''अम्माँ बिजनेस...डैम बोरिंग....बनियापन।'' संझले मामू अपनी नई नवेली अंग्रेज़ बेगम के हाथ आते ही मैदान में कूद पड़े। पिछले सीज़न में शिमला गए तो हत्थे चढ़ गईं। या यह कहिए कि ये उनके हत्थे चढ़ गईं। वह उनके अज़ीज़तरीन दोस्त मस्टरब की बीवी थीं। गर्मियों में इन्हें तो टूर करने थे, बेगम को शिमले भेज दिया। वह सँझले मामू यानी लेफ्टीनेंट मुख़्तार के यहाँ ठहरीं। दिल ही तो था, सँझली मुमानी को तलाक़।

रशीद की गूदड़ अलमारी में से उसने एक कमीज निकालकर दी, ''जल्दी बदल के आ जाइए।''

''जो हुक्म मुहतरमा का।'' मंसूर बड़े अच्छे मूड में था।

ऊपर अपने कमरे में मरियम सिसकियों से रो रही थीं। अनीस उनकी उँगलियाँ चूमकर समझा रहे थे, ''डार्लिंग बेबी दुनियादारी तो निबाहनी ही पड़ेगी। वैसे कोई फ़र्क़ नहीं पड़ेगा। तुम मेरी हो और मेरी रहोगी।''

''मुझे डर लगता है अनीस!''

''उसमें डर की क्या बात है हनी?''

''उसे पता चल गया तो?'' उसने घुटी हुई आवाज़ में कहा।

''बड़ा गावदी-सा है, उसे क्या पता चलेगा? देखा नहीं तुमने किस बुरी तरह घूर रहा था?''

''गधा कहीं का!'' मरियम गुस्से से काँप उठी।

''अरे, नहीं, गरीब घर का लड़का है बेचारा। उसने तुम जैसी क़त्ताला-ए-आलम[1] लड़कियाँ कहाँ देखी होंगी? तुम्हारे पैर धो-धो कर पिएगा।''

''मैं ज़हर खा लूँगी। मुझसे बर्दाश्त न होगा।''

''मेरी जान क्यों राई का पहाड़ बनाए देती हो?''

''मैं रंडी नहीं हूँ, आज उसकी कल दूसरे की।''

''माई स्वीट बेबी, हालात तुम जानती हो, वरना ज़रा सोचो मेरे दिल पे क्या गुज़र रही है! मसलेहत इसी में है।''

---

1. दुश्चरित्र के रूप में दुनिया में मशहूर।

"तो आप तलाक़ क्यों नहीं ले लेते? क्या फ़ायदा ढोंग रचाने से?" मरियम चली गई।

"काश तलाक़ ले सकता। हमारी सिविल मैरिज हुई थी, दूसरे मेरे ऊपर इतना क़र्ज़ हो गया है कि बयान नहीं कर सकता। यह क़र्ज़ किसी तरह चुक जाए। फिर मैं कोई नौकरी तलाश करूँगा। फिर तुम खुले बाँहों मेरी हो जाओगी। दूसरी सूरत के लिए भी तुम तैयार नहीं हुईं। डॉक्टर मेरा दोस्त है...मगर अब तो बहुत देर हो गई है मेरी जान!"

"आप मुझसे बोर हो चुके हैं, पीछा छुड़ाना चाहते हैं।" मरियम रोने लगीं।

"ये तुम्हारा वहम है बेबी।"

"तो फिर वह लड़की? जिसके साथ आप घूमते-फिरते हैं।"

"ओह! तुम तो हद करती हो भई! बिजनेस के सिलसिले में....।"

"मैं ख़ूब जानती हूँ आपकी बिजनेस।"

"देखो डार्लिंग मुझे समझने की कोशिश करो। तुम तो हमारी बेगम से भी चार हाथ आगे निकल गईं। उसने तो मेरे ऊपर कभी पहरे नहीं बिठाए।"

"वो ख़ुद जो हरजाई हैं, आपको किस मुँह से मना कर सकती हैं?"

"मैं भी तो तुम्हें मना नहीं करता। जॉनी मुझसे ज़्यादा ब्राड माइंडेड इंसान तुम्हें कहीं नहीं मिलेगा।"

"हाँ, आप मेरे लिए दूलहा ढूँढ़कर लाए हैं।"

"मगर बेबी हनी में कोई फ़र्क़ नहीं पाओगी तुम। आई एम रियली मेड अबाउट यू। अच्छा अब मान भी जाओ।" अनीस ने उसे इतना गुदगुदाया कि वह हँस पड़ी।

आज उलटी गंगा बह रही थी। सुर्ख़ रंग की शराब अपना रंग दिखा रही थी। बजाय हुरमा के आज मंसूर की नज़रें उसका पीछा कर रही थीं। इन निगाहों में उसे अपनी फ़तेह का अक्स दिखाई दे रहा था। आज उसने निहायत चुस्त कमीज और तंग मोरी की शलवार पहनी थी। फ़ाख़्ता के परों जैसा शिफ़ान का दुपट्टा नाम भर को कंधों पर पड़ा था। साढ़े तीन इंच की सैंडिल पहनकर वह मंसूर के कान की लौ तक पहुँच रही थी। उसने कई बार अनजान बन मंसूर से अपने-आपको नापा। किस-किस मौज़ूँ जोड़ी थी!

हैदर चचा मंसूर के पास बैठे बड़े ज़ोर-शोर से कोई बिलकुल बेतुकी बहस कर रहे थे। जब उन पर चढ़ने लगी थी, वह हर बात की काट करने लगते थे, यहाँ तक कि खुद अपनी काट शुरू कर देते थे। कभी एकदम कम्युनिस्टों के खिलाफ़ मोर्चा खोल लेते और मंसूर या रशीद को घेर कर उलझने लगते क्योंकि वह समझते थे कि दुनिया भर के कम्युनिस्टों की बेउनवानियों के यही जवाबदेह हैं। उस वक़्त उनके लहजे में हाइड्रोजन बम गरजने लगते। कभी एकदम पलटा खा जाते और कम्युनिस्टों से भी ज़बर्दस्त कम्युनिस्ट बन जाते क्योंकि किसी ज़माने में वह बाल-बाल

सुर्ख़ होते-होते बचे थे।

"अरे मियाँ, तुम लोगों से बेहतर कम्युनिज़्म तो हमारे दफ्तर में मौजूद है। पिछले महीने हमारे चपरासी की लड़की की शादी थी। हाथ जोड़कर खड़ा हो गया कि सरकार सिर्फ़ दो मिनट के लिए आ जाइए, मेरी लाज रह जाएगी। बस जनाब हमारी बेगम का दिल मोम का तो है ही, पिघल गया। फ़ौरन साड़ी लेकर पहुँची। हालाँकि तोहफ़े सिर्फ़ बराबर वालों को दिए जाते हैं मगर उसने कहा : क्या चपरासी इंसान नहीं? और फिर मुसलमान भी है। क्या नीच लोगों के दिल नहीं होते। बेगम जरूर तोहफ़ा दो। ख़ैर साहब गयीं बेगम और दिया तोहफ़ा।"

मंसूर और रशीद समझ गए कि ज़रूर यह वही साड़ी होगी जिसके बारे में मरियम और हुरमा कह रही थीं। पुराने गोटे वाले ने दस रुपए लगाए थे। चच्ची बेगम यूँ ठाठ से नए डिब्बे में सजाकर ले गईं कि बराती दंग रह गए।

मंसूर चचा से बातें करने में डूबा हुआ था कि उसका हाथ उनके पीछे से गुज़रकर उनके दूसरे बाजू पर बैठी हुई हुरमा के रेशमी बालों में भटक रहा था।

चाँद खाँ चपरासी खुशी के मारे पागल हो गया। मेरे पैर पकड़ लिए ग़रीब ने। "बताइए साहबज़ादे देरे लाम में और कम्युनिज़्म में क्या फ़र्क है! अल्लाह पाक फरमाता है। अपने गुलामों के साथ सुलूक करो।" चचा हाँक रहे थे।

"जी बजा फरमाते हैं आप।" मंसूर बेसोचे-समझे जवाब दे रहा था। उसकी रूह इस वक़्त उस हाथ में खिंच आयी थी जो हुरमा के बालों से फिसलकर गर्दन पर लरज़ रहा था। वह दिल ही दिल में कह रहा था : क़िब्ला मैं क़तई आपके हाथ पर बय्यत करने को तैयार हूँ मगर खुदारा ऐसे गर्दन न मोड़िए कि हुरमा डर कर दूर हो जाए।"

"अल्लाह पाक फ़रमाता है जो दुनिया में मेरे नाम पर एक दिरम देगा, उसे उक़बा[1] में सत्तर हज़ार दिरम मिलेंगे।"

"सौदा बुरा नहीं।" मंसूर ने बड़ी फ़रमाँबरदारी से कहा। हुरमा ने उसकी उँगली में बारीक-सी चुटकी ली और वह उछल पड़ा। चचा चौंकन्ने हो गए। हुरमा झप से उठ कर भाग गई। उन्होंने गर्दन मोड़ी तो मंसूर भी ग़ायब था। बेचारे हैरान रह गए। उन्हें शुबहा भी न कि ये दोनों उन्हें टट बनाए पीठ पीछे चूहे पकड़ रहे थे।

किसी ने दोनों को पाईं बाग़ की तरफ़ जाते न देखा था, सिवाय फर्खंदा बानो के। उनकी आँखें भीग गईं और दिल ने ठेस महसूस की। या एक झलक छम्मन मियाँ ने देखी जो देर से आने की माज़रत कर रहे थे। मँगनी हो जाने के बाद से वह और हुरमा कुछ झेंप मेहसूस करने लगे थे। अगर कभी उसकी तरफ़ चोरी-चोरी देखते भी तो यूँ जैसे चूहा बिल्ली को देखता है। हुरमा उनसे चिढ़ी हुई भी थी मगर आज

---

1. मुरीद बनना।

तो वह बड़े बाँके-तिरछे लग रहे थे। जिस्म पर बोटी भी आ गई थी, बाल भी ब्रिल क्रीम लगाकर सँवारे गए थे। जरूर हलीमा ने बना-सँवार कर ससुराल भेजा होगा।

सारे खाऩदान को मालूम था कि हलीमा छम्मन पर दो आतिशा[1] बनकर छा गई है, छम्मन की दुल्हन को बड़े तीरो-तुफ़ंग इस्तेमाल करने पड़ेंगे। ''इन्हें दुनिया में हलीमा के सिवा दूसरा नज़र ही नहीं आता। क्या वहशत है, क्या सुरूर है? पानी का-सा लुत्फ़ कि रोज पीने के बाद भी हमेशा के लिए प्यास नहीं बुझती।''

छम्मन ने आज बेबाकी से हुरमा की तरफ देखा था। उनकी नज़रों में मंगेतर की हैसियत से कोई पैग़ाम न था, बिरादराना दिलचस्पी का इज़हार ज़रूर था। हुरमा ने मुस्कुराकर उन्हें हाथ उठाकर सलाम किया और बाग़ की तरफ़ भाग गयी।

उसका चेहरा तमतमा रहा था। वह सीधी गुस्लखाने में जाकर मुँह पर ठंडे पानी के छपके मारने लगी। जब दिल की धड़कन जरा क़ाबू में आई, बाल ठीक करने के लिए वह मरियम के कमरे में चली गई। बिजली जलाई तो धक् से रह गई।

मरियम की नाजुक पलंगड़ी पर सफ़ेद झाग जैसी आबखाँ[2] की साड़ी मौजे मार रही थी जिसके उतार-चढ़ाव में वे पतलून में ढँकी टाँगें ग़ोते लगा रही थीं। वह गिरती-पड़ती उल्टे पैरों भागी। दो-दो सीढ़ियाँ एक साथ फलाँगती वह तेज़ी से ज़ीने पर से उतरने लगी। आख़िरी सीढ़ी पर उसका पैर दो पट्टे में उलझा और वह औंधे मुँह मंसूर के फैले हुए बाजुओं में गिरी।

हुरमा को बदहवास देखकर मंसूर भी परेशान हो गया।

''क्या हुआ?'' उसने उसे सँभालकर पूछा। हुरमा एकदम सिसककर रो पड़ी। और अपना मुँह उसके सीने में छुपा लिया। इस समीपता ने आग पर घी का काम कर दिया। मौलसरी के तनावर दरख़्त के नीचे दोनों पिघलकर बह गए।

''उफ़् ये लड़कियों की कमीस कहाँ से खुलती है? हज़ारों बटन, लाखों हुक!''

ड्राइंग रूम में नौजवान लड़के-लड़कियाँ म्यूज़िकल चेयर खेल रहे थे। उनके क़हक़हे और तालियों की आवाज़ दूर किसी दुनिया से आ रही थी। कायनात सुनसान थी, सिवाय दो दिलों की धड़कन के।

मंसूर ने धुँधलके में हुरमा के अधखुले प्यासे होंठ और चाहत में सुलगती हुई आँखें देखीं। उसके काग़ज़ जैसे सफ़ेद गालों पर मोती अब तक सुलग रहे थे। उजली चाँदनी जैसा कुँवारा सीना कमल के फूलों की तरह काँप रहा था। ठंडी ज़मीन पर दहकती हुई हुरमा और चार बड़े पेग का नशा।

आँखें, मासूम भूखी आँखें! अनजानी इच्छाओं से छलकती हुई आँखें। हुरमा

---

1. तेज़, तीख़ी शराब।
2. एक अत्यंत बारीक सफ़ेद कपड़ा।

की आँखें! मंसूर की आँखें! उसकी महबूबा की आँखें। प्यारे दोस्त की आँखें।

जैसे ज़ोर से किसी ने उसे धकेल दिया। वह बच्चों की तरह सहम गया और कुहनियों में मुँह छुपा लिया। वह शेर जो दो पल पहले ज़ोर-शोर से गरज रहा था, दुबककर माँद में वापस लौट गया। डरते-डरते हुरमा ने उसका हाथ छुआ। उसके गालों पर लंबे-लंबे आँसू बह रहे थे, सीने में सिसकियाँ उबल रही थीं।

देर तक दोनों ख़ामोश सिर छुपाए बैठे रहे। जब साँस ठहर गई, गए हुए हवास वापस आए तो मंसूर ने उसके दोनों सर्द हाथ अपनी जलती हुई आँखों पर रख लिए। इस हरकत में वहशियाना ख़्वाहिशें हैं, नर्मो-नाजुक प्यार था।

जब दोनों शोरो-गोगा की तरफ़ वापस लौटे तो ऐसा मालूम हुआ साथ-साथ कोई ख़्वाब देखकर आए हैं। ठीक एक-दूसरे से दूर-दूर, दो नाजुक बुलबुलों की तरह अलग-अलग कि कहीं टकराकर फूट न जाएँ। मरियम से आँख मिलाने की हुरमा को हिम्मत नहीं हो रही थी। अनीस से उसे घिन आ रही थी। मगर उसे यह देखकर तअज्जुब हुआ कि मरियम फरीद से बड़े शरारत भरे अंदाज़ में मीठी-मीठी बातें कर रही थी। अनीस दोनों की बाँहें थामे हाँफ रहे थे।

छम्मन मुआफ़ी माँग जा चुके थे और उनकी प्यारी अम्मी और नायाब बो बो बड़बड़ा रही थी :

''ऐ मैं कुर्बान! क्यों फ़िक्र करती हैं? चार दिन की चाँदनी और फिर अँधेरी रात। उल्टियाँ लगीं कि मुई साहबज़ादे के जी से उतरी।'' और हुरमा सोच रही थी कि अगर इस गधे ने हलीमा को छोड़ दिया तो वह उसके मुँह पर थूक देगी।

कल्लू की माँ

सुहाग की रात जब वह दुल्हन के कमरे में दाख़िल हुई तो क्या देखती है...जम्मो बजिया के चाले का जोड़ा धूम-धड़ाके से सिल रहा था। चची बी और अम्माँ जी में धुआँधार बहस हो रही थी। चची बी का इसरार था कि छपातोई का ज़माना गया। नए फ़ैशन के रू से बनत के ऊपर तले असंबूली बेल और गंगा जमुनी किरन खूब खिलेगी, अम्माँ जी कहती थीं।

"किरन मुई दो घड़ी में बँटकर सुतली हो जावे है, चंपा बरसों जमी होवे।"

बजिया अपने जहेज़ से दूर बेतअल्लुक़-सी बैठी बच्चों के संग कोट-पीस खेल रही थीं। मगर जी उनका बनत और गोखरद में उलझा हुआ था। वह उन दीदे का पानी ढली कुँवारियों में से न थीं जो खुले बंदों बैठकर अपना जहेज़ सीती हैं। कभी उनसे कुछ टँकवाना होता तो चची बी कहतीं :

"जम्मो बेटी ज़रा मेरे कुर्ते पर मख़मल के फूल टाँक दो।" बजिया समझ जातीं मगर फूल टाँक देतीं, सबके सामने नहीं। दालान दर दालान ले जाकर चची बी ने पस्ती क्रेप के दो पट्टे पर टाप्टी की बनत के आसपास असंबूली बेल और गंगा जमनी किरन जमा कर पूछा :

"क्यों जम्मो कैसा लगता है?"

बजिया शर्म से कतारा[1] हो गईं और बौखलाहट में अपने चिड़ी के इक्के पर तुरप मार दीं। अम्माँ जी ने कहा–"हे, हे दुल्हन खुदा ख़ैर करे। तुम्हारी तो जानो मत मारी गई है। ऐ वह बिचारी क्या बोलेगी?"

मगर चची बी को मानना पड़ा। चची थीं भी तो फ़ैशनेबल, पोपटों के बाल का फ़ैशन वह अपने मायके से लाईं जो सारे महल्ले में वबा की तरह फैल गया। काशगारी सेंध तक पोतती थीं। सुर्ख़ पतंग का काग़ज़ जिसमें ज़ेवर बँध कर आते, हमेशा उनकी पानदान की डिबिया में अड़सा रहता। सबकी आँख बचाके पान खाते वक़्त होंठों पर काग़ज़ खून से तरकर घिस्सा मार लेतीं और उनके हिसाबों लिपस्टिक

1. इमली।

लग जाती। किरन के हक में फ़ैसला होने के बाद जोड़ने सिलने लगा। चंघी मियाँ ने तरंग में आकर लरजती बलगम भरी आवाज़ में गाने शुरू कर दिए। एकदम जैसे सबके दिलों में शहनाइयाँ बज उठीं। शादियों का मौसम-सा टूट पड़ा। जोड़े पे जोड़े लगाए जाने लगे। रफ़ीक़ मियाँ की रजिया बी से, फरीदा बी की पन्नू मियाँ से, रशीद मियाँ की सफ़ू बीबी से डोड़ बाँधी जाने लगी।

"तू किससे ब्याह करेगा रे?" मज़ाक में चची बी ने छम्मू से पूछा। "तुम से।" दो बरस के छम्मू ने माँ की गोद में मचलकर फ़ैसला किया, सब हँस पड़े। बात फैलती ही गई। यहाँ तक कि कुँवारी बजिया के होने वाले लड़के या लड़की का भी जोड़ा लगा दिया गया। कल्लू की माँ दहलीज़ पर बैठी धनिया की गरी कूट रही थीं। तरंग में आकर बोलीं, "ऐ दे कल्लू तू किससे ब्याह करेगा?"

"छाबा बीबी से" पाँच बरस के कल्लू ने कुप्पा गालों वाली नोशाबी की तरफ़ प्यार से देखकर कहा और छाबा बीबी खिलखिलाकर हँस पड़ीं...सब ही हँस पड़े मगर चची का शहाबी रंग तमतमाकर किरमिज़ी हो गया। उठा जूती, तड़तड़ा कल्लू के नाक, मुँह और सिर पर जड़ दें। हँसी में खँसी हो गई। ताश के पत्ते फेंक फाँक कर जम्मो बजिया रोते हुए छम्मू को कूल्हे पर टिकाकर ठुमकने लगीं। अम्माँ जी ने बिसूरती हुई छाबा को गोद में समेट लिया। कल्लू की नाक से जीते-जीते खून की तुल्ली बहने लगी। कल्लू की माँ छाती पीट-पीट कर दहाड़ी।

"हाय मेरे पूत को मार डाला, हाय मेरा बिनबाप का बच्चा।"

"कलवे का बच्चा। ख़ैरात के टुकड़ों पर पलने वाला और उसके ये लच्छन। मोरी की कीज़ और दिमाग़ आसमान पर।" चची बी का पठानी ख़ून खौल कर लावा बन गया। "हरामज़ादे को रोटियाँ लगी हैं।"

"हे, है...दुल्हन सैयद बच्चा है।" अम्माँ जी ने सर पीट लिया। "इसकी बिसात ही क्या? तुम काहे अपनी आक़बत सँवारो।"

"चूल्हे में पड़े सैयद बच्चा और भाड़ में जाए सैयदानी। मेरी बच्ची की तरफ़ आँख उठाकर देखा तो दीदे निकाल लूँगी।" अम्माँ जी रोकती रहीं पर चची जी बिफर चुकी थीं। कल्लू की माँ ने ऊपर से दो धमाके कल्लू की पीठ पर और जमाए और उसकी सात पुश्तों को कोसने लगीं।

"ऐ तुझे ढाई घड़ी की आवे। बावा को खा गया। अब जनमजली के सर छुपाने की जगह थी सो वह भी मटियामेट करके दम लेगा। खुदाईख़्वार, नामुराद!"

वह उसे घसीटती हुई बावर्चीख़ाने में ले गईं।

कल्लू की माँ वैसे हमारी दूर की खाला थीं। पड़ोसनों को ख़ाला कह लेने पर वैसे उन्हें ख़ाला कहते आर ही आती। इम्तियाज़ी तो न कहते पर क़ल्लू की माँ ज़रूर कहते। गिरते-गिरते उनकी पोज़ीशन नौकरों जैसी हो गई थी। वह जहाँ भी जातीं, दो-चार दिन की मेहमानदारी के बाद लोग धीरे-धीरे उन्हें ढब पर ले आते।

मामा खिसका दी जाती और वह बग़ैर तनख़्वाह के सिर्फ फटे-पुराने कपड़े और रोटी पर मामा का ओहदा सँभाल लेतीं। मियाँ लाम पर गए। सोना जाने किसकी गोली खाकर ढेर हो गए। इम्तियाज़ी खाला का तो किसी लाल मुँह वाले से बैर भी न था। पर अल्लाह जाने किस अल्लाह के बंदे ने उनकी माँग उजाड़ दी।

तनख़्वाह का कोई ज़िक्र नहीं। भला अपने रिश्तेदारों को तनख़्वाह देकर कौन ज़लील कर सकता है। हाँ, ईद बक़रीद पर 'आपा सलाम' और 'दूल्हा भाई सलाम' के बदले में अठन्नी अम्माँ जी से और रुपया अब्बा जी से ज़रूर मिल जाता था और दूसरे नौकरों की तरह बेगम साहिबा नहीं कहना पड़ता था कि बल्कि आपा और दूल्हा भाई कहने का फ़ख्र हासिल था।

कल्लू की माँ जो यों तेरे-मेरे दर पर माथा रगड़ती थीं, उसकी भी एक वजह थी, वह चाहती थीं कि उनका कल्लू लिख-पढ़कर किसी क़ाबिल हो जाए और वह राज जो वह मियाँ के दम से न कर सकीं, कल्लू के दम से नसीब हो। इतने बच्चे पढ़ते हैं, एक कल्लू भी पढ़ जाएगा। मगर कल्लू के सुपुर्द हजारों ड्यूटियाँ थीं। चच्ची की कमर दबानी, दोपहर को पैर के अँगूठे में रस्सी खींचना, तुझे-मुझे पानी पिलाना, एकदम सारे घर ही को प्यास लग जाती। कल्लू को एक मश्क पानी कटोरा-कटोरा करके ढोना पड़ता। छम्मू और छाबा के साथ खेलता। हज़ार बार झुनझुना गिराये तो उठाना। छाबा की गुड़िया को एक मिनट में छत्तीस बार दुपट्टा ओढ़ाना। मेहतरानी से पोतड़े धुलवाने के लिए पानी डालना, वक्त ही कहाँ था जो कल्लू पढ़ाई-लिखाई की तरफ ध्यान लगाता। वैसे मौलवी साहब मुफ़्त का उल्लू पढ़ाने के क़ाबिल भी न थे। कल्लू के कपड़े भी तो इस क़ाबिल न रहते थे कि वह सब बच्चों के साथ बैठकर पढ़ सके।

हमारे हाँ बावर्ची था, इसलिए मामागीरी से तो कल्लू की माँ को नजात मिली हुई थी। मगर गेहूँ फटकना, दालें बीनना, मसाले कूटना, बच्चों को नहलाना-धुलाना, जिंस तुलवाना, किसी के बाल-बच्चा हो तो रातों को जच्चा के सिरहाना जागना कि कहीं बिल्ली हरामखोर नाल की गन्ध से लगी न चली आए और कहीं बच्चे को चबा के न रख दे।

कल्लू चन्द महीने का गोद में होगा कि सुनावनी आ गई, न मैयत उठी, न जनाजा आया, न तुरबत[1] बनी, बस एक तार ने चूड़ियाँ ठण्डी कर दीं। काँच की चूड़ियाँ और दो पैसे महीने के गुलाबी फ़ीरोज़ी रंग से पीछा छूट गया। जवान बेवा किसको भावे? जहाँ गईं, निकलना पड़ा। लुढ़कती-पुड़कती हमारे हाँ दम लिया था तो कल्लू की इश्क़बाज़ी ने पैर उखाड़ दिए, दो-चार पैग़ाम भी आए। खुद शौक़ीन मिज़ाज छोटे चचा ने हाथ सफ़ा करने की कोशिश की मगर कल्लू की माँ ने पुट्ठे

1. कब्र।

पर हाथ नहीं धरने दिया।

"न मियाँ, मेरा पूत जवान होगा तो क्या किसी को मुँह दिखाएगा कि मैया न ख़सम कर लिया।" वैसे वह चचा की शादियों की लत से भी वाक़िफ थीं। ब्याहताबीवी पर तंबोलन ला बिठाई। तंबोलन पर बिसातन उस पर धोबन, मीसासन और भंगन ऊपर से आ गईं। ग़रज मियाँ ने कोई 'बन' या 'तन' न छोड़ी। और जब उनकी बीवियों में जूतमपैज़ार बढ़ती, वह एक नई फुलझड़ी लाकर छोड़ देते। उनके हिस्से दालान में यतीमख़ाना खुला हुआ था, कल्लू की माँ में दम भी न था। पच्चीस बरस की उम्र में खक्खो डाइन होकर रह गई थीं। सूरत पे मक्खियाँ भिनकती थीं। अज़ली[1] रंडापा बरसता था। आए दिन नीम तले खटिया पे लिहाफ़ ओढ़े जूड़ी बुख़ार से कुश्ती लड़ा करतीं। वैसे कोई काम की चीज़ कोई काहे को ब्याहे। मुफ्त की नौकरानी किसे बुरी लगती है?

उसी शाम उन्होंने बुख़ार में झुलसते हुए कल्लू को कंधे से लगाया और पड़ोस में नवाब मुमताज़ के शागिर्दपेशे में जा पड़े।

नवाब साहब का भरा-पूरा घर था। पढ़े-लिखे फ़ैशनेबल लड़के-लड़कियाँ, बहुएँ कोठी के शानदार अहाते में शानदार डिनर पार्टियाँ होतीं और उसी कोठी के एक गुमनाम से कोने में नवाब साहब पड़े ज़िंदगी की आख़िरी साँसें गिन रहे थे। दो साल से उनकी अब-तब हो रही थी, मगर जानो अल्लाह मियाँ से पट्टा लिखाकर लाए थे, अच्छे-भले जवान लुढ़क जाएँ पर बुड्ढा टस से मस न हो। एक तो दुनिया भर की बीमारियाँ जिनमें पुरानी पेचिश और गठिया आगे-आगे, ऊपर से बुड्ढे का दिमाग़ सातवें आसमान पर, मुँह पर मुगल्लज़ात[2] कि कोई नौकर आठ दिन से ज्यादा न ठहरे। कल्लू की माँ के भागों इनका नौकर भागा हुआ था। लिहाज़ा सात रुपए महीने और खाना और साल में दो जोड़े कपड़े पर वह नवाब साहब की नर्स के बतौर पर रख ली गईं। हमारे ख़ानदान की तो नाक कट गई। नवाब साहब के यहाँ से पहले ही लेन-देन बन्द था। वह अपने-आपको न जाने क्या समझते थे। अब तो और भी तन गई।

न जाने कल्लू की माँ की तीमारदारी ने रंग दिखाया या बुड्ढा ज़िद बाँध रहा था, बजाय साँसों की डोर टूटने के और मजबूत हो गई। बुड्ढा बदमिज़ाजी का ठेकेदार था। बेचारी सर झुकाकर उनकी गालियाँ कोसने सुना करती। कोठी में क़हक़हे गूँजा करते और वह बैठी बुड्ढे की कै समेटा करती।

और फिर बड़े मियाँ की गालियों में कमी आने लगी। गिलास, रकाबी, मार फेंकने की आदत में भी कमी आ गई। कभी-कभी तरंग में आकर सिरहाने से इकन्नी

---

1. हमेशा से, शाश्वत।
2. गालियाँ।

निकालकर कल्लू को देते। ''क्यों बे क्या लेगा?'' वह उससे मज़ाक़ में पूछते।

''जी रौशनाई।''

''रौशनाई? अबे घास खा गया है! गजक लीजियो, अच्छा!''

''जी अच्छा।'' कल्लू सहमी हुई आवाज़ में कहता।

''कल्लू की माँ तुम मेरी पोतियों के बराबर हो। पर ना महरम[1] से ये गू-मूत कराते मुझे ऐसा मालूम होता है कि मैं गुनाह कर रहा हूँ, अब बुढ़ापे में मरते वक्त आक़बत ख़राब नहीं करना चाहता। मगर तुम मुनासिब समझो तो निकाह कर लो?''

कल्लू की माँ से सलाबची छूटते-छूटते बची, कोई जवाब न दिया। अपनी कोठरी में चली गईं और देर तक बेसुध पड़ी रहीं। फिर एकदम जी भर आया और भड़ास निकाली। हाय मरने वाले, ये तुमने किस कुसूर की सज़ा दी।

शाम को जब वह बैड पैन लेकर आईं तो बड़े मियाँ तकिए के सहारे बैठे थे। ''मुझे हाजत नहीं अभी करीम आया था उसने फ़राग़त करा दी।'' उन्होंने ज़रा सूखी आवाज़ में कहा और कल्लू की माँ का ख़ून खुश्क हो गया। या मौला अब कितनी सीढ़ियाँ बाक़ी रह गई हैं। सर चकराया और दरवाज़े से टिक गईं।

''सरदे की फाँकें ज़रा बर्फ़ लगाकर ले आओ।'' बड़े मियाँ अपनी रूखी खुरदुरी आवाज़ में बोले। आँसू झपककर कल्लू की माँ सरदे की फाँकें ले आईं। एक अजीब-सी खामोशी छाई हुई थी। सिर्फ़ बड़े मियाँ की ढीली बत्तीसी की चपड़-चपड़ सुनाई दे रही थी।

बड़े मियाँ कुछ नादिम कुछ झेंपते सरदे के क़त्ले छकते रहे। कल्लू की निगाहें झुकी हुई थीं।

इतने में चिक़ के पीछे से कल्लू की आँखें चमकीं। माँ ने इशारे से भगाना चाहा। मगर बड़े मियाँ बोले, "आने दो बच्चे को।" कल्लू दबा-दबा आया और घबराहट छुपाने को कभी एक पैर पर और कभी दूसरे पैर पर डगमगाने लगा।

''कुछ पढ़ता-वढ़ता भी है या बस डण्डे बजाता है।'' पास बुलाकर वह कल्लू से इधर-उधर की बातें करने लगे। कल्लू की माँ जब उनकी बत्तीसी धोकर लाईं तो वह बड़े मियाँ को छः का पहाड़ा सुना रहा था। और वह आँखें बंद किए ऊँघ रहे थे। माँ के इशारे पर कल्लू बाहर जाने लगा तो बड़े मियाँ गुर्राए—

''हम सो नहीं रहे हैं कलीमुद्दीन!''

कलीमुद्दीन...बड़े-बड़े आँसू कल्लू की माँ की आँखों में भर आए, कलेजा सन्न हो गया। बस कल्लू का बाप यूँ कलीमुद्दीन लिखा करता था।

''कलीमुद्दीन को प्यार!''

उसके आख़िरी खत़ में भी था। पर अब तो वह दुनिया में कल्लू ही बनकर

---

1. जिसके साथ निकाह जायज़ हो।

रह गया था। और वह उस कल्लू की माँ। मुँह फेर कर जब वह खाली रकाबी उठाने लगीं तो फिर गरजे।

''हम पहाड़ा सुन रहे हैं। देखें पाजी को कुछ याद भी है या नहीं। हाँ भई तो छः सत्ते?''

''बयालीस।'' कल्लू ने सहमी हुई आवाज़ में कहा और कल्लू की माँ का दिल पिघलकर आँखों के रास्ते बहने लगा।

बड़े मियाँ ने फिर निकाह की बात नहीं छेड़ी। मगर कल्लू से उनकी दोस्ती याराने की हद को पहुँच गई। आहिस्ता-आहिस्ता वह उनके बिस्तर पर बैठने लगा। दोनों दो पतिया खेलते तो मियाँ खूब बेईमानी करते और कल्लू उनसे झगड़ता। उनके बिस्तर पर बैठने के लिए कल्लू को कपड़े भी साफ़ पहनाने पड़ते। वैसे अब उसे कामकाज नहीं करना पड़ता था। इसी से इतना मैला भी न होता था। एक दिन ताश खेलते-खेलते एकदम बोले, ''चौदह पंजे?''

''इक्यासी।''

''ऐं!'' बड़े मियाँ गुर्राए, ''क्या कहा, इक्यासी! करीब ख़ाँ, इस उल्लू के पट्ठे मौलवी की दाढ़ी पकड़कर हमारे सामने हाज़िर करो।''

जब मौलवी साहब आए तो बड़े मियाँ हुंकारे, ''सुनिए मौलवी साहब, हाँ भई कलीमुद्दीन, चौदह पंजे?'

''इक्यासी।'' कल्लू ने मरी हुई आवाज़ में कहा।

''सुना आपने मौलवी साहब, चौदह पंजे इक्यासी। बच्चे को आप अपना सर पढ़ाते हैं?''

बड़े मियाँ ने मौलवी साहब की घण्टा भर टाँग खींची। फिर कल्लू की माँ की चार घण्टे जान सूली पर कर दी और उस दिन से मौलवी साहब बरामदे में बैठकर कल्लू को सबक़ देने लगे। सनक सवार हो जाती तो बड़े मियाँ, मौलवी साहब और कल्लू दोनों का धोबीघाट कर देते।

साफ-सुथरे नाती-पोतों को कहाँ फ़ुर्सत थी जो अपनी नर्सरी और किंडर गार्टन से पुराने पेचिश में सड़ते हुए दादा मियाँ के पास आते। कई-कई दिन गुज़र जाते। कोई पलटकर न पूछता। लोग मुंतज़र थे, कब बड़े मियाँ मरें और धूमधाम से उनका चीलीसवां हो। प्यार का भूखा कल्लू बड़े मियाँ की सुनसान बूढ़ी ज़िंदगी में तरो-ताज़ा फूल की तरह खिल उठा। दो प्यार के तरसे हुए एक छोड़ हज़ार जान से एक-दूसरे पर आशिक़ हो गए। घण्टों दोनों में ऐसे घुल-मिल कर बातें हुईं कि वे हमसिन[1] हों।

''अबे कलीम फ़ाख़्ता ने दाना खाया?''

''नहीं अब्बा जी चावल वैसे के वैसे पड़े हैं।''

---

1. समवयस्क।

"अमाँ, गावदी हो निरे। फ़ाख़्ता चावल पर मुँह नहीं डालेगी। उसे कोदों दो।"

और दोनों सर जोड़कर फ़ाख़्ता को कोदों खिलाते। वह एक दाना खा लेती तो बड़े मियाँ को चुल्लुओं ख़ून बढ़ जाता।

और एक दिन बड़े मियाँ उठ खड़े हुए। जब कल्लू की माँ ने उन्हें लाठी के सहारे दूसरे हाथ से कल्लू का कन्धा पकड़े सहन में क्यारियों के पास देखा तो कलेजे में गोली-सी लगी।

कोठी में बम फट पड़ा। जब मालूम हुआ कि रात को दादा मियाँ ने कल्लू की माँ से निकाह पढ़वा लिया। बीस हज़ार मेहर नक़द बैंक में और नहर वाली कोठी जिसका डेढ़ सौ रुपया महीना किराया आता था।

"मैं न कहती थी, वह एक हर्राफ़ा[1] है।" चची बी ने कहा। हालाँकि यह पेशगोई उन्होंने इसी वक्त घड़ी थी।

हफ़्तों कल्लू की माँ और दादा मियाँ के चर्चे महल्ले वाले नमक-मिरच लगाकर करते रहे। एक शाइर क़िस्म के नौजवान ने तो उन पर नज़्म तक कह डाली। ख़ानदान वालों की ले-दे से तंग आकर बड़े मियाँ ने अपनी तरफ़ के दरवाज़े में ईंटें चिनवा दीं। सबकी मुहब्बत फड़फड़ा के जाग उठी। और लावारिस बुड्ढा सबका चहेता बन गया। मगर ज़िद्दी बुड्ढे के मुँह लगना मुनासिब न समझा कि कहीं कल्लू की माँ के जादू में आकर रही-सही जायदाद न दे डाले। और मुफ़्त के ऐश में चिंगारी पड़ जाए।

निकाह की रात जब...के बाद बत्तीसी धोकर गिलास में डालकर सिरहाने रखने गईं तो वह और कल्लू दो मासूम बच्चों की तरह गले में बाँहें डालकर बेख़बर सो रहे थे। मच्छरदानी दुरुस्त करके कल्लू की माँ बरामदे में अपनी ख़ास पलंगडी पर लेटी तो ऐसा मालूम हुआ कि जैसे वह एक छतनार बरगद की छाँव में लेटी हैं। बेइख़्तियार कानों में अपनी बारात के ताशे तड़तड़ाने लगे। अनार, फुलझड़ियाँ छूट कर दिमाग़ में जुगनुओं की तरह फैल गईं। वह माँजा, चौथी, बरी एक-एक करके ज़ेहन की पगडंडी पर गुजरने लगीं। उम्र ही क्या थी? रहीम भी तो कमसिन ही था। मेहँदी से लाल हाथ कई दिन यार-दोस्तों से छुपाए फिरा था और फिर घर की अँधेरी कोठरियों और सुनसान छतों पर वह जवान हुए। फिर कल्लू ने उन कोनों-क़थरों का भांडा फोड़ दिया। मगर बनते ही दुनिया उजड़ गई।

कल्लू की माँ का कलेजा फटने लगा। मरने वाले की जवान चौड़ी-चकली छाती साँस रोकने लगी। थकेहारे मुसाफ़िर की तरह कल्लू की माँ ने इस ग़ैरमर्द की छाती पर माथा टिकाया। जो संगमरमर की तरह सर्द और बेजान थी। एक अनजानी गोली इस छाती को चीरती हुई मासूम कल्लू और बदनसीब माँ के वजूद को पाश-पाश[1] कर गई।

---

2. तितरबितर।

नींद

एकदम रात इंतिहा से ज़्यादा सुनसान मालूम होने लगी। वही रात जो चंद घंटे पहले नशे में चूर चौथी की दुल्हन की तरह जगर-मगर कर रही थी। यकायक बूढ़ी और मरीज़ा बन गई।...उन्होंने अपने बाजू पर सोए नौउम्र जवान के भारी सिर का बोझ ज़रा खिसकाकर और क़रीब कर लिया। वह बेसुध सो रहा था। उसकी लंबी-लंबी सुडौल टाँगें मसहरी से बाहर निकली हुई थीं। एक हाथ पहलू के नीचे मुड़ा हुआ था। दूसरा भारी शहतीर की तरह उनके सीने पर पड़ा हुआ था।

क्या जी लगाकर सो रहा था नेकबख़्त! अगर उसकी सुरमई आँखें उस वक्त खुली हुई होतीं तो कत्थी बालों के गुच्छे उसकी पुतलियों पर टिक जाते। उसके संदली गालों पर आधी रात की सहज़ी झलक रही थी। होंठ खुले थे और व्हिस्की की मीठी-मीठी महक आ रही थी।

नौउम्र लड़का सो रहा था और वह जाग रही थी। उसकी गहरी नींद पर उन्हें शिद्दत से रश्क आ रहा था। उनके बाजू पर रखते ही वह फ़ौरन सो गया था और खर्राटे लेने लगा। बिलकुल दूध-पीते बच्चे की तरह उसके ख़र्राटे नर्मो-नाज़ुक और ग़नूदगी के सुरों में डूबे हुए थे। उनके कंधों पर मुसलसल, पर थोड़े अंतर से एक हल्की-सी गर्म लहर रेंग जाती थी।

वह जाग रही थी। क्योंकि उनके जिस्म से इतने क़रीब होते हुए भी वह कितना दूर था? कितने साल बीच में गहरी-गहरी खाइयों की तरह हाइल[1] थे और ज़िंदगी की संगलाख तरीन[2] को बाँहों में जकड़े उसके होंठ चूम रहा था। और उनके बरबाद और सुनसान दिल को इस नींद की दुनिया से दूर अकेला छोड़ गया था।

उनकी नींद का ख़ज़ाना ख़त्म हो चुका था। बरसों से वह लोथ होकर सोने का मज़ा भूल चुकी थी। अब नींद की दवाओं का भी उनपर कोई असर नहीं होता था। डॉक्टर ने बड़ी सख़्ती से उन्हें गोलियों की मिक़दार घटाने की ताकीद की थी।

---

1. बीच में विद्यमान।
2. कठोरतम।

जागने के लिए चाय और काफ़ी भी बेकार साबित होती थी। ग्यारह बजे से ही उनकी आँखें लड़खड़ाने लगती थीं। एक बार वह नाच के दरम्यान अपने पार्टनर की बाँहों में चंद लम्हों के लिए बेहोश हो गई थीं। अगर उनका पार्टनर इतना मज़बूत न होता तो वह उन्हें यों बाँहों में उठाए-उठाए हरगिज़ न नाच पाता।

और अगर उन्हें अपने पार्टनर की जवाँमर्दी की अदा बेतरह न भा गई होती तो शायद आज उनकी ज़िंदगी बिलकुल मुख़्तलिफ़ धारों में बह रही होती। यह जब की बात थी जब उनकी शादी को चंद ही साल हुए थे। और जब उनके शौहर इतने बासी और पुराने नहीं हुए थे। ये दोनों सोसायटी में नए-नए दाख़िल हुए थे और ऊँचे तबक़े के ज़िंदा-दिल लोगों ने बड़े जोशो-ख़रोश से उन्हें हाथों-हाथ लिया था। नए ब्याहे हुए सलमान और शहनो की जोड़ी भी ख़ूब थी। सलमान सबुक क़द के हसीनो-जमील नौजवान थे। उनकी आँखों में मासूमियत थी और आवाज़ में जादू था। सोसायटी की उकताई हुई बेगमें उनकी भोली-भाली सूरत पर बहुत जल्दी लट्टू हो गई थीं। शहनाज़ जिन्हें सब प्यार से शहनो कहते थे, बड़ी अलबेली वाक़े थीं। अगर नाक-नक्शा सुंदरता के निश्चित पैमाने पर तौला जाता तो बड़े घाटे में रहतीं। उनकी पर्सनलिटी ग़जब़ की थी। 'अह'... की थी, लंबे क़द में बला की लचक थी। एक तो जिस्म का तौबा शिकन उतार-चढ़ाव, ऊपर से उनका टाइट फ़िटिंग लिबास। सोने पर सुहागे का काम करते थे।

उफ़ वे भी क्या दिन थे जब लोगों की निगाहें उनके तआक़ुब[1] में भटका करती थीं। कुछ जलने वालों का तो ख़याल था कि सलमान साहब को शहनो डार्लिंग की बदौलत ही इतनी हरदिल अज़ीज़ी हासिल थी। कुछ अहमक़ समझते थे कि खुश औरतें सलमान की वजह से शहनो से बहनापा जताने में आगे-आगे रहती थीं। यह वह ज़माना था जब नींद टूटकर आती थी। सरेशाम से ही आँखें मीठी-मीठी होने लगती थीं। तब उनका हुस्न दो बाला हो जाता और लोग उन्हें किसी शर्त पर न उठने देते।...पार्टियों से आकर कैसी धुआँधार नींद आती थी। सलमान तो सुबह दफ़्तर चले जाते। वह नर्म-नर्म बिस्तर पर मचल सोती जाएँ। नहा-धोकर ज़रा आँखें खुलतीं फिर थोड़ी-सी बियर के साथ खाना खाते ही जिस्म के जोड़-जोड़ में नींद रेंगने लगती। पढ़ने की कोशिश करतीं तो किताब बार-बार मुँह पर गिरने लगती।

पर अब जैसे नींद की थैलियाँ ही सूख गई हों। वक्त शैतान की आँख बनकर होले-होले सरकता।...और नींद न आती। आती भी तो ऐसी उचटती हुई बेगानी-सी कि सोकर बेख़्वाबी का खुरदुरा एहसास तारी रहता।

उनका हाथ दब जाने से दौराने-ख़ून रुक कर सन्न हो गया। आहिस्ता-आहिस्ता उन्होंने नींद से बोझल सर के नीचे से अपना हाथ खींचता शहतीर जैसे बाजू को

1. पीछा करना।

जिस्म की ताकत लगाकर सरकाता था। और कुहनी के बल होकर वह मिलिट्री के नौजवान को तकने लगीं। उन हंगामाखेज़ चंद घंटों में अच्छी तरह उसके नक्शोनिगार को भी नहीं देख पाती थीं। वह था भी बेकल बोटी। जवानी उसकी रग-रग में कुलाँचे भर रही थी। नीचे बैठते उसे थकान होने लगती थी। उन्होंने ज़िंदगी में बड़े-बड़े शराबी देखे थे हँसते हुए, रोते हुए, उल्टियाँ करते हुए, कपड़ों में टट्टी-पेशाब करते हुए, मगर ऐसा शराबी उन्होंने कभी न देखा था। जितनी वह चंद घंटों में पी गया, दूसरे कई दिन में न पी पाते। फिर लुत्फ़ ये कि न पैरों में कँपकँपी, न ज़बान में लड़खड़ाहट...उनका जोड़ टूट गया, मगर वह चाक चौबंद रहा, पीता रहा, रक्स करता रहा। उस एक शाम उसने जाने कितने मील नृत्य कर डाला होगा।

शुरू में ही वह इतना पिए हुए था कि उन्होंने मिसेज़ दोराब जी से कहकर ही उस जंगली से बचना चाहा। उस भूत से तो कोई साँडनी ही निबट सकती थी। मगर बदक़िस्मती कि वे दूसरी औरतें पहले से मशगूल थीं, वरना इस छोकरे के लिए तो बकौल मिसेज़ दोराब जी उन्हें उलटे दाम मिल जाते फिर थोड़ी देर जबरन भुगतने के बाद उन्हें उस पर प्यार आ गया। वह अकेला था। बहुत ही अकेला था। अब वह कहीं नहीं जाएगा। वह नौकरी छोड़ देगा। सारी दुनिया को गोली मार देगा। बस वह और शहनाज़ सारी उम्र यों ही चिकने फ़र्श पर नाचते रहेंगे। यह फ़ैसला उसने चंद घंटों के बाद कर लिया था।

झुककर उन्होंने खिड़की में से आती हुई भोर की दूधिया रौशनी में नींद में मतवाले फ़ौजी नौजवान को एक बार फिर देखा। सोते में उसने पिटकर सोए हुए बच्चे की तरह सिसकी भरी—जैसे कोई डरावना ख़्वाब देख रहा हो। युद्ध के मोर्चे से ज़िंदा सलामत आने के बाद भी अपनी रूह का कोई नामालूम सा हिस्सा वहीं खाक़ और ख़ून में तड़पता छोड़ आने वाले हैं और नींद की रानी उन्हें बेदस्तो पा[1] बनाकर ख़्वाब में वहीं घसीट ले जाती है तो वह मासूम बच्चों की तरह बिसूरने लगते हैं।

''फरीद भी तो सोते में यूँ ही मुँह बिसूर दिया करता था''....उन्होंने सोचा।

फ़रीद की याद बिजली भरी तलवार की तरह चमककर दिल में तराज़ू हो गई। वह कितनी थीं जब फ़रीद पैदा हुआ था। क्या गंदा-सा लाल बूटी जैसा कि देखकर उबकाई आ गई थी। पिलपिले तितली के कीड़े को देखकर ही उनका जी मितलाने लगा। वैसे फ़रीद की आमद ही उनकी सोशल लाइफ़ के हक़ में मौत का पैग़ाम साबित हुई। डिनर पार्टियों में पेट फुलाए कैसे जातीं।

कितना झूठ बोलते हैं ये दुनिया वाले कि जब माँ की छाती मुँह में लेता है तो रोम-रोम में ममता जाग उठती है। उन्हें तो ऐसी तकलीफ़ हुई थी कि चीखें

1. बिना सर और पैर के।

निकल गई थीं। फिर लाख नर्सों ने कोशिश की। उन्होंने बच्चे को जिस्म से न छूने दिया। फ़र्क़ ही क्या पड़ता था। वह था ही कमज़ोर। अपने बाप पर गया था।

फ़रीद उनके पैरों की बेड़ी न बन सका। अम्मी जान उसे अपने साथ रायपुर ले गईं। सच पूछिए तो वह उनका बेटा ही लगता था। इतनी-सी उम्र में माँ बन गई थीं। मगर यह किरदार उन पर क़तई न सजा था। उन्हें उससे अम्माँ कहलवाते भी अजीब-सा लगा और जब शहनो कहता तो बेटे के मुँह से अपना प्यार का नाम सुनकर उन्हें उस पर कुछ-कुछ प्यार आने लगा था।

यह वही ज़माना था जब तक नींद उनसे नहीं रूठी थी। इसी हरजाई नींद ने एक दिन नृत्य के बीच में उसकी बदमस्त अंखड़ियों में समाकर उन्हें उनके पार्टनर के रहमोकरम पर छोड़ दिया था। यह वह मज़बूत बाँहों वाला पार्टनर था। उसका कहना था कि वह उन्हें बाहर घास पर लिटाने गया था। वैसे उसकी नीयत कुछ ज़्यादा बुरी न थी। लेकिन इतनी-सी बात पर सलमान साहब जज़्बाती हो गए। वरना वह उनके पार्टनर का जबड़ा न तोड़ बैठते। वह इत्तिफाक़ से उनका आला अफ़सर भी तो था। अगर एक आला अफ़सर अज़ राहे करम अपने मातहत की बीवी जो नृत्य के बीच लम्बी तान लेने पर उतारू हो, घास पर लिटा रहा हो तो वह जबड़ा उखड़वाने का पात्र हरगिज़ नहीं। हर एक जानता है कि किसी को घास पर लिटाने में कैसे-कैसे आसन मारना ही पड़ते हैं। अगर सलमान ने इतने छिछोरपन से अपनी हिमाक़त का इस क़दर शानदार सबूत न दिया होता तो शादी की बात आगे न बढ़ती और बाँस की ज़रूरत से ज़्यादा दिलजोई न करनी पड़ती।

बॉस यानी मिस्टर वैन लंबे-चौड़े तो थे मगर क़तई गौरीले की तरह हसीन थे। काले भसम! बिलकुल चौखूँटे तम्बाकू के पिंडे की शक्ल के। उनको देखकर गुमान होता था कि इंसान के पूर्व बंदर तो थे मगर उनका गैंडे से भी कोई नाता रहा होगा। बड़े-बड़े कान....सलमान से क़द में एक-दो इंच कम ही होंगे। मगर चौड़ाई में दो ढाई गुना।

शहनाज़ को बदसूरती से हमेशा घिन आती थी। मगर यह काला देव सब्ज़परी को न जाने क्यों भा गया था। वैसे शहनाज़ के खर्चे-से ज़्यादा आमदनी कम तो हमेशा से थी। फ़्लैट भी मिस्टर वैन की इनायतों की बदौलत मिल गया था। सोसायटी में साख क़ायम रखने के लिए दावतें भी करना पड़ती थीं। कपड़े लत्ते की ज़रूरत भी होती थी। पीने-पिलाने में भी खासा ख़र्च आ जाता था। उनके पास ज़्यादातर जहेज़ की साड़ियाँ थीं। या अम्माँजान भेजती रहती थीं। मगर अमूमन अपटूडेट न होती थीं। दूसरे, मिस्टर वैन में न जाने कौन-सा जादू था कि वह उनके हाथों में मोम की तरह पिघल जाती थीं। उन्हें प्यार करने के तरीके आते थे।

इसके अलावा इस मुआमले को बढ़ाने-चढ़ाने में कुछ सलमान का भी हाथ था। उनकी आशिक़मिज़ाजियाँ अपनी जगह कुछ कम न थीं। हलीमा दीन उनकी

क्लास फ़ैलो रह चुकी थीं। उन्हीं की सिफ़ारिश से इतनी मज़ेदार नौकरी मिली हुई थी। जिसमें दावतें और पिकनिकें ज़्यादा और बिलकुल नहीं के बराबर।

जब फ़रीद होने वाला था तो सलमान साहब अपने बॉस की बेगम की तन्हाइयाँ दूर किया करते थे। क्योंकि दीन साहब यूरोप के दौरे पर गए हुए थे। इसलिए उन्हें फ़रीद से पहले ही चिढ़ हो गई थी। और उनकी ममता जाग न सकी। अगर वह पेट में न होता तो हलीमा दीन सलमान को हिल स्टेशन न ले जा पातीं। अच्छी तरह ज़च्चाख़ाने की जर्दी भी नहीं मिटी थी कि सलमान उन्हें अम्मीजान के सुपुर्द करके खुद अपने बॉस की गर्मी से उकताई बेगम को लेकर पहाड़ पर चले गए।

"डार्लिंग यह सब नौकरी की ख़ातिर करना पड़ रहा है," उन्होंने समझाया था। मगर उनकी समझ में नहीं आया था और इंतिकामन[1] मिस्टर दीन के आने के बाद वह उनकी तरह मुतवज्जो हो गईं। अम्मीजान को हमेशा से सलमान से चिढ़ आती थी। एक तो उनकी तनख़्वाह शहनाज़ जैसी लड़की के स्टैंडर्ड की न थी। दूसरे, गधे ने इतनी फुर्ती से शहनो को माँ बना डाला कि बच्ची को ज़रा भी खेलने खाने का मौक़ा न मिला। ले-देकर उनकी एक ही औलाद थी मगर वह भी बुद्धू कि सलमान की ख़ाली-खूली चापलूसी में आकर राजों और महाराजों के पैग़ाम खो दिए। इशारों-किनायों में उन्होंने शहनाज़ को क़ायल कर दिया कि हलीमा और दीन की वैसे भी नहीं बनती। बेहतरीन मौक़ा है। अगर बात बन जाए तो दलद्दर दूर हो सकते हैं। इसलिए जान-बूझ कर वह फ़रीद को अपने साथ ले गईं। आह! फ़रीद...आज अगर जिंदा होता तो उसकी लंबी टाँगें भी इस सोए-सोए फ़ौजी की तरह क़तई मसहरी से बाहर निकल आतीं। मगर फ़रीद की टाँगों के नसीब में मसेहरियाँ नहीं, बर्मा के जंगलों की दलदल थी।

मगर शबाना की पैदाइश पर एकदम उसकी ममता जाग गई इससे उन्हें क़तई कोफ़्त न हुई। हालाँकि फ़रीद के मुक़ाबले में निहायत ही भौंडी और बदशक्ल थी। मिस्टर दीन की अपनी कोई औलाद न थी। अम्मीजान का खयाल था कि अगर बेटा होता तो शायद वह पिघल जाते। मगर वह तो दौलत बनाने में मशगूल थे कि उन्हें किसी से शदीद[2] मुहब्बत करने की फुर्सत ही न मिलती थी। शहनाज़ ने बहुत चाहा था कि बेगम को तलाक़ देकर उनसे शादी कर लें मगर वह इस स्कैंडल के लिए तैयार न हुए। उनकी बीवी उनके बिजनेस में आधे की साझेदार थीं। सारा रुपया भी उनके क़ब्ज़े में था। वैसे दोनों की अब भी सुलझी हुई दोस्ती क़ायम थी। एक को दूसरे के निजी मुआमलों में कोई एतराज़ न था। सोसायटी में वे अब भी मियाँ-बीवी की हैसियत से एक गरिमापूर्ण मुकाम रखते थे। सरकारी व अर्द्धसरकारी दावतों में वह कभी शहनाज़ को नहीं ले गए। वह उनका निजी मुआमला ही रहा।

1. बदले के रूप में।

2 गहरी।

सलमान को तो एतराज़ न था मगर उन्होंने खुद ही शबाना का बोझ उनके कंधों पर न डाला। और न वह उसे अपनी नज़रों से दूर रख सकीं। उन्होंने उसके लिए एक आला दर्जे की नर्स मुकर्रर कर दी थी और उसे एक शानदार होटल में रखती थीं जिसका ख़र्चा बड़ी दरियादिली से दीन बर्दाश्त करते थे। और जब वह सबसे छुप-छुपा कर चोरों की तरह अपने कलेजे के टुकड़े को सीने से लगाने होटल जातीं तो ऐसा मालूम होता जैसे वह किसी सनसनीखेज़ नाविल की बदनसीब मगर रोमेंटिक हीरोइन हैं। वह उसे गोद लेकर रोतीं। आमतौर पर इस दर्दनाक घटना की खबर दीन तक पहुँच जाती और वह आँसू पोंछने के लिए साड़ियों के बंडल भिजवा देते मगर उनके आँसू फिर भी न थमते। आह ज़ालिम समाज ने उन्हें बच्ची से जुदा कर रखा था। वह अपनी लाडली को अलानिया चूम नहीं सकती थीं। उन्होंने उसके गिर्द एक दर्दनाक अल्मिया[1] तैयार कर लिया था जिसकी हीरोइन बनकर वह खुद को निहायत रोमेंटिक नजर आतीं।

मगर उनमें दरमियाने दर्जे की बहुत-सी कमियाँ बाकी थीं। मिस्टर और मिसेज़ दीन की तरह वह अपने पति से मधुर सम्बन्ध न बना पाईं। और न वह हलीमा दीन जैसी ख़ंदांपेशानी से पेश आ सकीं। जब भी ये दोनों जोड़े पीने-पिलाने की महफिल में इकट्ठे हो जाते, दो-चार ही पेग के बाद जली-कटी बातें शुरू हो जातीं। हालाँकि यह कोई ऐसी भयानक बात न थी। औरतें जैसे दुपट्टे बदलकर बहन बन जाती हैं उसी तरह हलीमा और शहनाज़ शौहर-बदल बहनें थीं। शरीफ़ बीवियाँ ऐसे मौक़ों पर ज़रूरत से जज़्बाती होकर अच्छी-खासी फ़िज़ा को ख़राब नहीं किया करतीं। फिर एक दिन हालात ने करवट बदली। मिस्टर दीन और मिसेज़ दीन में एकदम मिलाप हो गया। और वे इंगलिस्तान रवाना हो गए। बाद में मालूम हुआ कि उन्होंने अपना बिजनेस एक सिंधी के हाथ बेच दिया जिसका अकाउंट इंगलिस्तान में था। कुछ उलट-पुलट के बाद दीन फेमिली ने हिज्रत ही में बेहतरी समझा। नए बॉस ने मिस्टर सलमान की अहमियत को नजरअंदाज़ कर दिया। और पलक झपकाते हुए शहनाज़ और उनके शौहर पत्थर मिली बंजर ज़मीन पर एड़ियाँ रगड़ते नज़र आए।

क्या क़यामत का वक्त था? छः महीने का फ़्लैट का किराया नहीं दिया था। दोस्त-अहबाब मिस्टर दीन की दी हुई नौकरी से बने थे, वक्त बिगड़ा तो वे भी पर से ग़ायब हो गए। इस वक्त अगर मिसेज़ दोराब जी ने जो अपने मरहूम शौहर की शराब की दूकान को बड़ी मुस्तैदी से चला रही थी। आकर डूबती नाव को अपनी दौलत के छींटों से सहारा न दिया होता तो न जाने क्या होता। मालाबार हिल पर उनका शानदार फ़्लैट था। उस पर कुछ पुलिस को एतराज़ होने लगा। वो फ़्लैट उन्होंने पगड़ी पर दे दिया और खुद शहनाज़ के फ़्लैट में एक कमरा लेकर रहने

---

1. प्रसन्न मुद्रा

लगीं। उन्होंने हालात की अच्छी तरह पड़ताल करने के बाद छः महीने का किराया अदा कर दिया। एक कमरा छोड़कर सारे फ़्लैट पर कब्ज़ा हो गया। इस अर्से में सलमान के ज़ख्मी दिल पर ख़ुर्शीद सहना ने मरहम रखना शुरू कर दिया था। सहना ने हवाई जहाज़ के हादसे में जाँबाज़ पायलट की मौत मर कर अपनी ग़मगीन बेवा के लिए अच्छी ख़ासी पेंशन का इंतज़ाम कर लिया था। मिसेज़ दोराब जी ने एक कमरा फ़्लैट में उसे दे रखा था। कुछ दिन ये अनोखा खानदान बड़े मज़े से रहा। सलमान और खुर्शीद की जोड़ी बन गई। मिसेज़ दोराब जी शहनाज़ को बड़ी दिलचस्प हस्तियों से मिलाने लगीं। कभी अफसर उनके गोल बोतलों के बक्स लेकर आ जाते। कभी जहाज़ी क़हक़हे लगाते आन मौजूद होते। बाज़ के साथ ख़वातीन भी होतीं। कुछ को मिसेज़ दोराब जी की सहेलियाँ सँभाल लेतीं। खूब क़हक़हे चलते, रिकार्ड लगाकर डांस किए जाते। चूमा-चाटी से आगे बात न बढ़ती। यह और बात थी कि कभी-कोई जोड़ा उठकर थोड़ी देर के लिए ग़ायब हो जाता। और यूँ दिन गुज़रते रहे...ज़िंदगी चलती रही। खुर्शीद और सलमान की बड़ी जानी पहचानी सी दोस्ती थी। अगर वह शादी कर लेती तो पेंशन बंद हो जाती। जो ख़ासी माक़ूल थी। और सलमान खरा इश्क़ करना जानते थे। गृहस्थ बनाना उन पर ज़ुल्म करना था। जब से नौकरी छूटी थी, खुर्शीद ही उनका ख़र्च उठा रही थी।

यह खुर्शीद की खुशक़िस्मती थी कि उसका शौहर उसके लिए पेंशन का इंतज़ाम करके मरा था। मगर शहनाज़ का तो कोई सहारा न था। अम्मीजान ने फ़रीद को अब लायक़-फ़ायक़ बना दिया था। शबाना का होटल का ख़र्च अब क़ाबू से बाहर हो रहा था। घटना भी कुछ बासी हो चुकी थी इसलिए उन्होंने उसे अम्मीजान के सुपुर्द कर दिया था। कुछ रक़म जो मिस्टर दीन उन्हें जाते-जाते थमा गए थे। वह तन्हाई और दिल की वहशत दूर करने में ख़त्म हो चुकी थी। कुछ मिसेज़ दोराब जी की शराब की बोतलों में खर्च़ हो गई। कुछ रेसकोर्स पर डूबी। बंबई जैसे शहर में चंद हजार की हैसियत ही क्या?

यह वह ज़माना था जब फ़रीद की अचानक मौत ने उन्हें औंधे मुँह गिरा दिया था। न जाने इतने दिन की सोयी ममता क्यों एक झटके से जाग उठी। फ़रीद के रुख़्सत होते वक्त वह एलोरा, अजंता की कला देखने अपने दोस्तों के साथ गई हुई थीं। जुदाई का एहसास भी न हुआ था मगर मौत ने उन्हें कुचलकर रख दिया। महीनों वह गुम रहीं। अगर एक लम्हे को भी उन्हें होश आ जाता तो पागल होने लगतीं।

फ़रीद के ख़्याल पर वह एकदम अतीत की दम घोंटने वाली फ़िज़ा से लौट आईं। पहलू में पड़े हुए नौजवान ने एक लंबी-चौड़ी करवट ली। और चारों हाथ-पैर फेंक कर फिसल गया। खिड़की से आने वाली रौशनी कुछ और दूधिया हो गई थी। उसका बेडौल जिस्म सारी मसेहरी पर काबिज़ था।

''शहनो डार्लिंग...माई स्वीट बेबी!'' उसने उनके कान के लौ चबाते हुए उनसे शादी की दरख़्वास्त की थी। उसके घोलते हुए अलफाज़ साँप की फुंकार की तरह अब तक उनके कानों में रेंग रहे थे।

शादी!

एक-एक करके न जाने कितने बरसों का बोझ उनके कंधों से सरक गया था। उन्होंने सिसकी भरकर खुद को उसकी कड़ियल बाँहों में बेसुध छोड़ दिया। वह बहुत थक गई थीं। अगर कुछ दिन और नींद न आती तो उनकी हस्ती बारूद के ढेर की तरह भक से उड़ जाएगी। कितना फैलाव था नौजवान के चौड़े सीने में। उसकी ताज़गी के साये में उनकी ख़ुश्क हस्ती लहलहा उठेगी। उन्होंने थके हारे मुसाफ़िर की तरह निढाल होकर अपना मुँह उसके चटियल सीने पर टिका दिया और नन्ही सी यतीम बच्ची की तरह सिसकने लगीं। फ़ौजी जवान ने सोते में जैसे कुत्ते को पुचकारा।

''बेबी...बेबी....पच....माई स्वीट बेबी डार्लिंग!''

वह फिर बड़बड़ाया और दूसरे लम्हे ख़्वाबों की दुनिया में चौकड़ी भरने लगा। उनकी कनपटियाँ जल रही थीं। आँखों में भोबल खटक रही थी। दिल एक भटके हुए पंछी की तरह फड़क़ रहा था। वह हौले-हौले उसके जिस्म पर हाथ फेरती रहीं और आँसू बहाती रहीं।

वह इस हंगामे की तनहाई से घबरा चुकी थीं। फ़्लैट क़हक़हों से गूँजा करता मगर उनके दिल की वीरानी और बढ़ती जाती। मिसेज़ दोराब जी न जाने कहाँ मग़रिबी[1] सायों के ग़ौल को घेर लाईं। जब से शराबबंदी का क़ानून बना तब से फ़्लैट निहायत शालीन क़िस्म का क़हबाख़ाना बन गया था। जहाँ गाहक बतौर दोस्तों के आते। परमिट की शराब तो पहले ही हमले में ख़त्म हो जाती। फिर मिसेज़ दोराब जी की बोतलें खुलतीं और दादे-ऐश दी जाती।

कई बार उन्होंने उकताकर शादी करनी चाही। एक जान छोड़ हज़ार जान आशिक़ हुईं। अपना तन, मन, धन सब लुटा दिया मगर शिकार हमेशा रस्सा तुड़ा कर भाग निकला और जब कोई उन्हें यूँ जुल देकर निकल जाता तो उनपर मुर्दनी के दौरे पड़ने लगते। पुरानी पेचिश उभर आती, खून का दबाव बढ़ जाता। और वह टूटे हुए दिल को जोड़ने के लिए शराब का सहारा लेतीं। ऐसे मौक़ों पर मिसेज़ दोराब जी उनपर खूब-खूब छींटे कसतीं। एक दफ़े तो उसने उन्हें इतना सुलगाया कि जूती लेकर उन्होंने उसका पलेथन निकाल दिया। वह भी गुस्से में आकर चली गई। उसके जाते ही शहनाज़ में एक अज़ीमुश्शान इन्क़िलाब वाक़े[2] हुआ। उनकी

1. पश्चिमी।
2. घटित।

मुलाक़ात एक जब्रूत[1] क़िस्म के शायर से हुई। और वह बड़ी उमंग से मुल्क में इन्क़िलाब लाने पर तुल गईं। हरामी बच्ची की माँ की हैसियत से वह ख़ुद को बेइंतिहा इन्क़िलाबी समझती थीं। आर्ट और कल्चर की ख़िदमत के सिलसिले में उन्हें एक-एक करके कई फनकारों पर आशिक़ होने का मौक़ा मिला। मिस्टर दीन की अता की हुई साड़ियाँ बिलकुल बेकार हो गईं। उन्हीं दिनों उन्होंने निहायत वाग़ियाना और मैली साड़ियाँ पहनकर वाक़ई मज़दूरों में काम करना शुरू कर दिया था। उस माहौल में न तो अंग्रेज़ी शराब कुछ सजती और न आसानी से मुहैया की जा सकती थी। लिहाज़ा उन्होंने निहायत सस्ती दारू पर स्नेह जताना शुरू कर दिया।

उफ़ क्या हंगामाखेज दिन थे। वह भी मैले-मैले फ़नकारों से उनका फ़्लैट खचाखच भरा होता। सस्ते ठर्रे की गंध से फ़िज़ा बस जाती। तब इल्मो अदब, फ़लसफ़ा और शाइरी पर मुबाहिसे होते जो अकसर जूतम-पैज़ार पर ख़त्म होते।

मगर जल्द ही उन्हें क़ायल होना पड़ा कि नंगे-भूखे फ़नकारों की सोहबत में रूहानी ख़ुराक़ तो मिल सकती है मगर मकान का किराया और घर का ख़र्चा अगर उनकी खाल भी उतार ली जाए तो भी नहीं चल सकता। मजबूरन उन्होंने मिसेज़ दोराब जी से मेल कर लिया। वह शायद मुंतज़र ही बैठी थीं। फ़ौरन राज़ी-खुशी मन गईं। उसने उजड़े हुए फ्लैट को दोबारा सँवारा और फिर वही सूफ़ी क़िस्म के दोस्त और विलायती शराबें चलने लगीं। सैलानियों के जमघटे रहने लगे।

और यह शुमाली का गबरू उसी के सिलसिले की कड़ी था।

आँसुओं की चिलमन में से उन्होंने नींद के माते जबान को देखा उसकी नाक और ऊपर के होंठ पर नन्ही-नन्ही पसीने की बूँदें हीरे की कनियों की तरह दमक रही थीं। उन्होंने झुककर अपने सर्द और बासी होंठ उसके दहाने के कोने पर रख दिए जहाँ जागते में एक नन्हा-सा गड्ढा मुसकुराने लगता था।

पौ फटने लगी थीं...कोई दम में सूरज की बेरहम सलाख़ें उन सोई हुई आँखों में चुभने लगेंगी और फौजी जवान जाग उठेगा। उन्होंने एक बार जी भरके लाडले को देखा और उस पर चादर डाल दी।

एक लम्हे को पलक झपकाए बग़ैर वह थके हुए जिस्म को घसीटकर बिस्तर से उठ खड़ी हुईं।

आइने में वह अपने चेहरे के वीरान खँडहरों को देखकर काँप उठीं। उसके जागने से पहले मरम्मत करना होगी। वह बेपैर कमरे में दाख़िल हुईं तो वह जाग रहा था। उन्हें देखकर उसने अँगड़ाई बीच में तोड़ दी और घबराकर चादर अपने गिर्द लपेट ली और अपनी झेंपी हुई मुस्कुराहट को सिगरेट के धुएँ के पीछे छुपाने लगा।

---

1. पराक्रमी, यशस्वी।

"बेबी?" उसने हकलाकर कहा और वह पत्थर का बुत बन के ठिठक गईं।

"बेबी कहाँ है?" आवाज़ उनके गले में सहमकर रह गई।

"हाँ..." वह ग़ौर से उन्हें पहचान कर बोला, "आपकी बेटी है ना?" "कितनी शक्ल मिलती है आप दोनों की।" वह अंग्रेज़ी में बोला।

"क्या बक रहे हो?" उन्होंने गुस्सा से तन कर कहा।

"मैं इतना कमीना नहीं हूँ मैडम....हम.....शादी कर लेंगे।"

वह फटी-फटी आँखों से उसे तकने लगीं। फिर जल्दी से मेकअप का बैग उठाकर दोनों हाथों से भींचे लौट आईं।

उन्होंने एक बार फिर अपनी शक्ल आइने में देखी और उस सुनसान खँडहर के पीछे कमसिन हसीना को ढूँढ़ने लगीं जिसे नीम अँधेरे कमरे की धुआँ भरी फ़िज़ा और शराब के नशे ने उस नौजवान की बहकी हुई आँखों में एक शाम के लिए जनम लेकर सुबह को क़रीब और खँडहर में दफ़न चिर निद्रा में सो रही थी। उन्होंने मेकअप का बेग दूर कोने में फेंक दिया और आँसुओं से छलकते क़हक़हे लगाने लगीं।

नाश्ते पर सूजी-सूजी ग़िलाफ़ी आँखों वाला नौजवान बड़ी बेचैनी से बेबी के क़दमों की चाप सुनने के लिए बेक़रार था। बार-बार वह उनके चेहरे में उस खोए हुए ख़्वाब को ढूँढ़ पाता और खुद ही झेंपने लगता।

"जाने से पहले सिर्फ़ चंद मिनट के लिए मैं उनसे मिलना चाहता हूँ।" उसके लहजे की मिठास उनके कलेजे में रस घोल गई। उन्हें इस खुशामद पर प्यार आ गया।

"तुम उससे नहीं मिल सकते।" उन्होंने बड़ी मुश्किल से जज़्बात से लबरेज़ आवाज़ में कहा।

"क्यों?....मगर मैं उनके बग़ैर ज़िंदा नहीं रह सकता।"

"प्लीज़....नाश्ता ख़त्म कीजिए और तशरीफ़ ले जाइए।" उन्हें गुस्सा आने लगा। जैसे वाक़ई उसने उनकी मासूम बेटी को ख़राब कर दिया हो।

उसने नाश्ता नहीं किया। सर पकड़े खामोश प्लेट पर नजरें जमाए बैठा रहा।

"थोड़ी-सी व्हिस्की मिल सकेगी?" उसने दोनों हथेलियों से कनपटियाँ दबाईं।

"नहीं।" वह बड़ी दुरुस्तगी से बोलीं।

जाते वक्त उसने बड़ी पीड़ा भरी आवाज़ में कहा, "बेबी से कहना, मेरा इंतिज़ार करे। दौरे से वापस लौटते वक्त मैं फिर आऊँगा।...शादी के बाद मैं इसे लुधियाना ले जाऊँगा।" उसने अहमक़ों की तरह आँखें झपकाकर आँसू पी लिए।

जब वह चला गया तो वह देर तक क्षितिज के उस पार बेबी को नौजवान की मज़बूत बाँहों में सोता हुआ देखती रहीं....बंबई के हंगामों से दूर...और मुहज़्ज़ब कहबाख़ाने और मिसेज़ दोराब जी के चंगुल से आज़ाद...नित नए सैलानियों की गिरफ़्त

से बाहर...खुले खेतों की महकती हुई ओस में नहाई हुई धरती की गोद में। दो नैनों के मतवाले जवान जिस्म, गेंदे और चमेली के गूँथे हुए दो तरोताज़ा गजरों की तरह एक दूसरे में उलझे हुए...उनकी बेरौनक़ आँखों में घुटे हुए आँसुओं की तरह खटकते रहे और उनकी बूढ़ी आँखों में ज़हर घोलकर न जाने कहाँ जा सोई थी?

नन्ही की नानी

नन्ही की नानी का माँ-बाप का नाम तो अल्लाह जाने क्या था? लोगों ने उन्हें कभी इस नाम से याद न किया। जब छोटी-सी गलियों में नाक सुड़सुड़ाती फिरती थीं तो वफ़ातन की लौंडिया के नाम से पुकारी गईं। फिर कुछ दिन बशीरे की बहू कहलाईं। फिर बिस्मिल्लाह की माँ के सम्बोधन से याद की जाने लगीं और जब बिस्मिल्लाह जापे के अंदर ही नन्ही को छोड़कर चल बसीं तो वह नन्ही की नानी के नाम से आखिरी दम तक पहचानी गईं।

दुनिया का कोई ऐसा पेशा न था जो ज़िंदगी में नन्ही की नानी ने अख़्तियार न किया हो। कटोरा गिलास पकड़ने की उम्र से वह तेरे घर में दो वक्त की रोटी और पुराने कपड़ों के एवज़ में ऊपर के काम करने पर धर ली गईं। यह ऊपर का काम कितना नीचा होता है। यह कुछ खेलने-कूदने की उम्र से काम पर जोत दिए जाने वाले ही जानते हैं। नन्हे मियाँ के आगे झुनझुना बजाने की ग़ैर दिलचस्प ड्यूटी से लेकर बड़े सरकार के सर की मालिश तक ऊपर के काम की फेहरिस्त में आ जाती है।

ज़िंदगी की दौड़ भाग में कुछ भुनौना-भुलसना भी आ गया और ज़िंदगी के कुछ साल मामागिरी में बीत गए। पर जब दाल में छिपकली बघार दी और रोटियों में मक्खियाँ पिरोने लगीं तो मजबूरन रिटायर होना पड़ा। इसके बाद तो नन्ही की नानी बस लगाई-बुझाई करने इधर की बात उधर पहुँचाने के सिवा और किसी करम की न रहीं। यह लगाई-बुझाई का पेशा भी काफ़ी मुनाफा बख़्श होता है। महल्ले में खटपट चलती रहती है। मुख़ालिफ़ कैंप में जाकर अगर होशियारी से मुखबिरी की जाए तो खूब-खूब ख़ातिर मुदारात[1] होती है

लेकिन यह पेशा कै दिन चलता? नानी लत्तरी कहलाने लगीं और दाल डालते न देखकर नानी ने आख़िरी मुफीद़ तरीन पेशा यानी मुहज्ज़ब तरीक़े पर भीख माँगना शुरू कर दिया।

---

1. आतिथ्य।

खाने के वक्त नानी नाक फुलाकर सूँघतीं कि किस घर में क्या पक रहा है। बेहतरीन ख़ुशबू की डोर पकड़कर वह घर में आन बैठतीं।

"ऐ बीबी घुइयाँ डाली हैं गोश में?" वह बेतकल्लुफ़ी से पूछतीं।

"नहीं बुआ, घुइएँ निगोड़ी आजकल गलती कहाँ हैं? आलू डाले हैं।"

"ऐ सुब्हान अल्लाह, क्या ख़ुशबू है। अल्लाह रक्खे, बिस्मिल्लाह के बाबा को आलुओं से इश्क था। रोज़ यही कि बिस्मिल्लाह की माँ आलू गोश जो आँखों से भी देख जावे...ऐ बीबी कोथमीर छोड़ दिया..." वह एकदम फ़िक्रमंद हो जातीं।

"नहीं बुआ कोथमीर निगोड़ा सब मारा गया। मुआ सक्क़े का कुत्ता क्यारी में लौट गया।"

"है....है...बग़ैर कोथमीर के आलू गोश क्या खाक़ मज़ा देगा। हकीम जी के यहाँ मनों लगा है।"

"ऐ नहीं नानी, हकीम जी के लौंडे ने कल शीन मियाँ की पतंग में कटकी लगा दी। इस पर मैंने कहा ख़बरदार जो छज्जे पे क़दम रखा तो..."

"ऐ मैं कोई तुमाए नाम से थोड़ी माँगूँगी।" और नानी बुर्क़ा सँभाल स्लीपर सटपटाती हकीम साहब के यहाँ जा पहुँचीं। धूप खाने के बहाने खिसकती घिसटती क्यारी के पास मुँडेर तक पहुँच जातीं। पहले एक पत्ती तोड़कर सूँघने के बहाने चुटकी में मसलतीं। हकीम जी की बहू की आँख बची और नानी ने कोथमीर बकटा। कोथमीर मुहैया करने के बाद ज़ाहिर है दो निवाले की हक़दार हो ही जातीं।

नानी अपनी हाथ की सफ़ाई के लिए सारे महल्ले में मशहूर थीं। खाने-पीने की चीज़ देखी और लुक्मा मार गईं। बच्चे के दूध की पतीली मुँह से लगाई, दो घूँट गट कर लिए। शकर की फंकी मार ली। गुड़ की डली तालू से चिपका ली। मज़े से धूप में बैठी चूस रही हैं। डली उठाई नेफ़े में उड़स ली। दो चपातियाँ लीं और आधी नेफ़े के इधर आधी उधर। ऊपर से मोटा कुर्ता आहिस्ता-आहिस्ता हस्बेमामूल कराहती कोंकती खिसक गईं। सब जानते थे पर किसी की मुँह खोलने की हिम्मत न थी। क्योंकि नानी के बूढ़े हाथों में बिजली की सी तेज़ी थी और बेचबाए निगल जाने में वह कोई ऐब न समझती थीं। दूसरे, ज़रा से शुबहे पर ही फ़ैल मचाने पर तुल जातीं और इतनी क़समें खाती थीं। कुर्आन उठाने की धमकियाँ देती थीं कि तौबा भली। अब कौन उनसे झूठा कुर्आन उठवाकर अपनी क़ब्र में भी कीड़े पड़वाए?

लत्तरी, चोर और चकमाबाज़ होने के अलावा नानी परले दर्जे की झूठी भी थीं। सबसे बड़ा झूठ तो उनका वह बुर्क़ा था जो हरदम उन पर सवार रहता था। कभी उस बुर्क़े में नक़ाब भी थी। पर जूँ-जूँ महल्ले के बड़े-बूढ़े चल बसे या उन्हें कम दिखने लगा तो नानी ने नकाब को खैरबाद कह दिया। मगर गनगौरोंदार फ़ैशनेबल बुर्क़ा की टोपी उनकी खोपड़ी पर चमकती रहती। आगे चाहे महीन कुर्ते के नीचे

बनियान न हो पर पीछे बुर्क़ा बादशाहों की झोल की तरह लहराता रहता और यह बुर्क़ा सिर्फ़ सर ढँकने के लिए ही नहीं था बल्कि दुनिया का हर मुमकिन और नामुमकिन काम इसी से लिया जाता था। ओढ़ने-बिछाने और गुड़ी-मुड़ी करके तकिया बनाने के अलावा और जब नानी कभी ख़ैर से नहातीं तो इसे तौलिया के तौर पर इस्तेमाल करतीं। पंज वक़्ता[1] नमाज के लिए जाए-नमाज़ और जब महल्ले के कुत्ते दाँत निकोसें तो उनसे बचाव के लिए अच्छी-ख़ासी ढाल। कुत्ता पिंडली पर लपका और नानी के बुर्क़े का घेरा उसके मुँह पर फुंकारा। नानी को बुर्क़ा बहुत प्यारा था। फुर्सत में बैठकर हसरत से उसके बुढ़ापे पे बिसूरा करतीं। जहाँ कोई चिंदी कत्तर मिली और एहतियातन पैबंद चिपकाया। वह उस दिन के ख़याल से ही काँप उठती थीं जब यह बुर्क़ा भी चल बसेगा। आठ गज़ लट्ठा कफ़न को जुड़ जावे, यही बहुत जानो!

नानी का कोई मुस्तक़िल क्वार्टर नहीं। सिपाही जैसी ज़िंदगी है। आज इसके दलान में तो कल उसकी सेहनची में, जहाँ जगह मिली, पड़ाव डाल दिया। जब दुत्कार पड़ी, कूच करके आगे चल पड़ीं। आधा बुर्क़ा ओढ़ा, आधा बिछाया, लंबी तान ली।

मगर बुर्क़े से भी ज़्यादा वह जिसकी फ़िक्र में घुलती थीं वह थी उनकी इकलौती नवासी नन्ही। कुड़क़ मुर्ग़ी की तरह नानी पर फैलाये उसे पोटे तले दाबे रहतीं। क्या मजाल जो नज़र से ओझल हो जाए मगर जब हाथ-पैरों ने जवाब दे दिया और महल्ले वाले चौकन्ने हो गए। उनकी जूतियों की घिस-घिस सुनकर ही चाक़-चौबंद होकर मोर्चे पर डट जाते। ढिठाई से नानी के इशारे किनाए से माँगने को सुना-अनसुना कर जाते तो नानी को इसके सिवा कोई चारा न रहा कि नन्ही को उसके ख़ानदानी पेशे यानी ऊपर के काम पर लगा दें। बड़े सोच-विचार के बाद उन्होंने उसे डिप्टी साहब के यहाँ रोटी-कपड़ा और डेढ़ रुपया महीने पर छोड़ ही दिया। पर वह हरदम साये की तरह लगी रहतीं। नन्ही नज़र से ओझल हुई और वह बलबलाईं। पर नसीब का लिखा कहीं बूढ़े हाथों से मिटा है। दोपहर का वक़्त था। डिप्टाइन अपने भाई के घर बेटे का पैग़ाम लेकर गई हुई थी। सरकार ख़शख़ाने में कैलूला[2] फ़रमा रहे थे। नन्ही पंखे की डोरी थामे ऊँघ रही थी। पंखा रुक गया। और सरकार की नींद टूट गई। शैतान जाग उठा, और नन्ही की क़िस्मत सो गई।

कहते हैं बुढ़ापे के आसेब[3] से बचने के लिए तरह-तरह के रोग़नों और अरक़ों के साथ हकीम-वैद्य चूज़ों का शोरबा भी तज्वीज़ फ़रमाते हैं। नौ बरस की नन्ही चूज़ा ही तो थी।

मगर जब नन्ही की नानी की आँख खुली तो नन्ही ग़ायब। महल्ला छान मारा,

---

1. पाँच वक़्त की।
2. दोपहर को खाना खाने के बाद आराम।
3. प्रेतछाया।

कोई सुराग न मिला। मगर रात को जब नानी थकी माँदी कोठरी को लौटीं तो कोने में दीवार से टिकी हुई नन्ही ज़ख्मी चिड़िया की तरह अपनी फीकी-फीकी आँखों से घूर रही थी। नानी की घिग्घी बँध गई और अपनी कमज़ोरी को छुपाने के लिए वह उसे गालियाँ देने लगीं। "मालज़ादी अच्छा छका। हियाँ आन कर मरी है। ढूँढ़ते-ढूँढ़ते पिंडलियाँ सूज गईं। ठहर तो जा। सरकार कैसी चार-चोट की मार लगवाती हूँ।"

मगर नन्ही की चोट ज़्यादा देर तक न छुप सकी। नानी सर पर दोहत्थड़ मार-मार कर चिंघाड़ने लगी। पड़ोसन ने सुना तो सर पकड़कर रह गईं। अगर साहबजादे की फिसलन होती तो शायद कुछ डाँट-डपट हो जाती। मगर डिप्टी साहब....महल्ले के मुखिया, तीन नवासों के नाना, पंजवक़्ता नमाज़ी। अभी पिछले दिनों मस्जिद में चढ़ाइयाँ और लोटे रखवाए। मुँह से फूटने वाली बात नहीं।

लोगों के रहमोकरम की आदी नानी ने आँसू पीकर नन्ही की कमर सेंकी। आटे-गुड़ का हलवा खिलाया और जान को सब्र करके बैठ रही। दो-चार लोट-पीट कर नन्ही उठ खड़ी हुई और चंद दिनों ही में सब कुछ भूल-भाल गई।

मगर महल्ले की शरीफ़ज़ादियाँ न भूलीं। छुप-छुप कर नन्ही को बुलातीं।

"नईं...नानी मारेगी।" नन्ही टालती।

"ले ये चूड़ियाँ पहन लीजो। नानी को क्या ख़बर होगी।" बीबियाँ बेक़रार होकर फुसलातीं।

"क्या हुआ? कैसे हुआ?" की तफ़सील पूछी जाती। नन्ही कच्ची-कच्ची मासूम तफ़सीलें देती। बीबियाँ नाकों पर दुपट्टे रख के खिलखिलातीं।

नन्ही भूल गई मगर कुदरत न भूल सकी। कच्ची कली वक़्त से पहले खिलाने की वजह से पंखुड़ियाँ झड़ जाती हैं...ठूँठ रह जाता है। नन्ही के चेहरे पर से भी न जाने कितनी मासूम पंखुड़ियाँ झड़ गईं। चेहरे पर फिटकार और रोड़ापन। नन्ही बच्ची से लड़की नहीं बल्कि छलांग मार एकदम औरत बन गई। वह कुदरत के मश्शाक़[1] हाथों की सँवारी भरपूर औरत नहीं बल्कि टेढ़ी-मेढ़ी मूरत जिस पर किसी देव ने दो गज़ लम्बा पाँव रख दिया हो। ठिगनी मोटी कचूरा सी जैसे कच्ची मिट्टी का खिलौना कुम्हार के घुटने तले दब गया हो।

मैली साफ़ी से कोई नाक पोंछे चाहे कूल्हे, कौन पूछता है? राह चलते इसके चुटकियाँ भरते। मिठाई के दोने पकड़ाते। नन्ही की आँखों में शैतान थिड़क उठता.....मगर अब नानी बजाय उसे हलवे माँड़े ठुँसाने के उसका धोबी घाट करती। मगर मैली साफ़ी की धूल भी न झड़ती। जानो रबड़ की गेंद। टप्पा खाया और उछल गई।

चंद साल ही में नन्ही की चौमखी से महल्ला काँप उठा। सुना कि डिप्टी साहब और साहबज़ादे में कुछ तन गई। फिर सुना मस्जिद के मुल्ला जी को रजुआ कुम्हार

---

1. अभ्यासी।

ने मारते-मारते छोड़ा। फिर सुना सिद्दीक़ पहलवान का भांजा मुस्तकिल़ हो गया।

आए दिन नन्ही की नाक कटते-कटते बचती और गलियों में लठ-पौंगा होता।

और फिर नन्ही के तलवे जलने लगे। पैर धोने तक रत्ती भर जगह न रही। सिद्दीक़ पहलवान के भानजे की पहलवानी और नन्ही की जवानी ने महल्ले वालों का बोलना बंद कर दिया। सुनते हैं दिल्ली, बंबई में इस माल की थोक में खपत है। शायद दोनों वहीं चले गए।

जिस दिन नन्ही भागी उस दिन नानी के फ़रिश्तों को भी शुबहा न हुआ। वह तीन दिन से निगोड़ी चुपचुप सी थी। नानी से बात भी न की। चुपचाप आप ही आप बैठी हवा में घूरा करती।

''ऐ नन्ही रोटी खा ले।'' नानी कहती।

''नानी बी भूख नहीं!''

''ऐ नन्ही अब देर हो गई। सो जा।''

''नानी बी नींद नहीं आती।

रात को नानी के पैर दबाने लगी।

''नानी बी, ऐ नानी बी। सुब्हान अल्ला, सुन लो याद है कि नहीं।'' नानी ने सुना, ''फ़र फ़रयाद!''

''जा बेटी अब सो जा।'' नानी ने करवट ली। ''अरी मरी मरती क्यों नहीं।'' नानी ने थोड़ी देर बाद उसे सेहन में खटपट करते सुनकर कहा। ''समझी, ख़ानगी ने अब आँगन भी पलीद करना शुरू कर दिया। कौन हरामी है जिसे आज घर में घुसा लाई है?''

फिर सेहन में घूर-घूर कर देखने पर नानी सहमकर रह गई। नन्ही इशा की नमाज पढ़ रही थी और नन्ही ग़ायब हो गई।

कभी कोई दूर देस से आता है तो ख़बर आ जाती है। कोई कहता है, नन्ही को एक बड़े नवाब ने डाल लिया है। टमटम है, मनों सोना है। बेगमों की तरह रहती है।

कोई कहता है, हीरामंडी में देखा था।

कोई कहता है, फ़ारस रोड पर, किसी ने उसे सोनागाछी में देखा।

मगर नानी कहती है। नन्ही को हैज़ा हुआ था। चार घड़ी लोट पोट कर मर गई।

नन्ही का सोग मनाने के बाद नानी कुछ ख़ब्तन भी हो गईं। लोग राह चलते छेड़खानी करते।

''ऐ नानी निकाह कर लो....'' भाभीजान छेड़तीं।

''किससे कल्लूँ? ला अपने ख़सम से करा दे।'' नानी बिगड़तीं।

''ऐ नानी मुल्ला जी से कर लो। अल्लाह कसम तुम पर जान देते हैं।'' और

नानी की ग़ालियाँ शुरू हो जातीं। वो-वो पैंतरे गालियों में निकालतीं कि लोग भौचक्के रह जाते।

"मिल तो जाए भड़वा....दाढ़ी न उखाड़ लूँ तो कहना।" मगर जब मुल्ला जी कभी गली के नुक्कड़ पर मिल जाते तो नानी सचमुच शरमा-सी जातीं।

अलावा महल्ले के लड़कों-बालों के नानी के अज़्ली दुश्मन तो मूए निगोड़े बंदर थे जो पीढ़ियों से इसी महल्ले में पलते-बढ़ते आए थे। जो हर आदमी का कच्चा चिट्ठा जानते थे। मर्द खतरनाक होते हैं। और बच्चे बदज़ात। औरतें तो सिर्फ़ डरपोक होती हैं। पर नानी भी इन्हीं बंदरों में पलकर बुढ़ियाई थीं। उन्होंने बंदरों को डराने के लिए किसी बच्चे की गुलेल हथिया ली थी। और सर पर बुर्क़े का पग्गड़ बाँधकर वह गुलेल तान कर जब उचकतीं तो बंदर थोड़ी देर को ठिठककर जरूर रह जाते और फिर बेतवज्जही से टहलने लगते।

और बंदरों से आए दिन उनकी बासी टुकड़ों पर चख चलती रहती। महल्ले में जहाँ कहीं शादी-ब्याह चला, चालीसवाँ होता, नानी झूठे टुकड़ों का ठेका ले लेतीं। लंगर खैरात बँटती तो भी चार-चार मर्तबा चकमा दे देकर हिस्सा लेतीं। मनों खाना बटोर लेने के बाद वह उसे इसरत से तकतीं! काश उनके पेट में भी अल्लाह पाक ने कुछ ऊँट जैसा इंतज़ाम किया होता तो कितने मज़े रहते। मज़े से चार दिन की खुराक मैदे में भर लेतीं। छुट्टी रहतीं। मगर अल्लाह पाक ने रिज़्क का इतना ऊट-पटाँग इंतज़ाम करने के बाद पेट की मशीन क्यों इस क़दर आधी-अधूरी बना डाली कि एक-दो वक्त के ख़ाने से ज़्यादा ज़ख़ीरा जमा करने का ठौर ठिकाना नहीं। इसलिए नानी टाट के बिस्तरों पर झूठे टुकड़े फैलाकर सुखातीं। फिर उन्हें मटकों में भर लेतीं। जब भूख लगी जरा से सूखे टुकड़े चूमर किए पानी का छींटा दिया। चुटकी भर लौंग-मिर्च भुरका और लज़ीज़ पकवान तैयार। लेकिन गर्मियों और बरसात के दिनों में बार-बार यह नुस्ख़ा उन पर हैज़ा तारी कर चुका था। चुनांचे बच जाने पर मन मार कर उन टुकड़ों को औने-पौने बेच डालतीं। ताकि लोग अपने कुत्तों और बकरियों वग़ैरह को खिला दें। मगर अमूमन कुत्तों और बकरियों के मैदे नानी के ढीठ मैदे का मुक़ाबला न कर पाते और लोग मोल तो क्या तोहफे के तौर पर भी इन सड़ी-गली चीज़ों को कबूलने पर तैयार न होते। वही जान से ज़्यादा अज़ीज़ झूठे टुकड़े जिन्हें बटोरने के लिए नानी को हजारों सलावतें[1] और ठोकरें सहना पड़तीं और जिन्हें धूप में सुखाने के लिए पूरी बंदर जाति से जिहाद मोल लेना पड़ता। जहाँ टुकड़े फैलाए गए और बंदरों के क़बीले को बेतार बर्क़ी ख़बर पहुँची। अब क्या है ग़ोल-दर-ग़ोल दीवारों पर डंटे बैठे हैं। खपरैलों पर धमाचौकड़ी मचा रहे हैं। छेड़, खसोट रहे हैं और आते-जाते ये खोखिया रहे हैं। नानी भी इस वक्त मर्द मैदान बनी सर पर

1. गालियाँ।

बुर्क़े का ढाटा बाँधे, हाथ में गुलेल लिए मोर्चे पर डट जातीं। सारा दिन 'लगे-लगे' करके शाम को बचा-खुचा कूड़ा बटोर बंदरों की जान को कोसती नानी अपनी कोठरी में थककर सो रहतीं।

बंदरों को उनसे कुछ ज़ाती अनबन हो गई थी। अगर यह बात न होती तो क्यों जहान भर की नैमतों को छोड़कर सिर्फ़ नानी के टुकड़ों पर ही हमलावर होते और क्यों बदज़ात लाल पिछाए वाला उनका जान से प्यारा तकिया ले भागता। वह तकिया जो नन्ही के बाद नानी का अकेला अजीज़ और प्यारा दुनिया में रह गया था। वह तकिया जो बुर्के के साथ उनकी जान पर हमेशा सवार रहता था। जिसकी सीवनों को वह हर वक्त पक्का टाँका मारती रहती थीं। बार-बार नानी किसी कोने खदरे में बैठी तकिए से ऐसा खेला करतीं जैसे वह नन्ही सी बच्ची हों और वह तकिया उनकी गुड़िया, वह अपने सारे दुःख उस तकिए से कहकर जी हलका कर लिया करती थीं। जितना-जितना उन्हें तकिए पर लाड़ आता, वह उसके टाँके पक्के करती जातीं।

क़िस्मत के खेल देखिए! नानी मुँडेर से लगी बुर्क़े की आड़ में नेफ़े से जुएँ चुन रही थीं कि बंदर धम से कूदा और तकिया ले ये जा, वो जा। ऐसा मालूम हुआ कि कोई नानी का कलेजा नोच कर ले गया। वह दहाड़ीं और चिल्लाईं कि सारा महल्ला इकट्ठा हो गया।

बंदरों का क़ायदा है कि आँख बची और कटोरा गिलास ले भागे और छज्जे पर बैठे दोनों हाथों से कटोरा दीवार पर घिस रहे हैं। कटोरे का मालिक नीचे खड़ा चुमकार रहा है। प्याज़ दे, रोटी दे, जब बंदर मियाँ का पेट भर गया, कटोरा फेंक अपनी राह ली। नानी के मटकी भर टुकड़े लुटा देने पर हरामी बंदर ने न तकिया छोड़ना था, न छोड़ा। सौ जतन किए गए मगर उसका जी न पिघला। और उसने मज़े से तकिए के गिलाफ़ प्याज के छिलके की तरह उतारने शुरू किए। यही गिलाफ़ जिन्हें नानी ने चुंधी आँखों से घूर-घूर कर पक्के टाँकों से गूँथा था। जूँ-जूँ गिलाफ़ उतरते जाते नानी की बदहवासी और बलबलाहट में ज़्यादती होती जाती और आख़िरी गिलाफ़ भी उतर गया। और बंदर ने एक-एक करके छज्जे पर से टपकाना शुरू किए। रोटी के गाले नहीं बल्कि शबन की फ़तोही। बन्नू सक्के का अंगोछा। हसीना बी की अंगिया, मन्नी बी की गुड़िया का ग़रारा, रहमत की ओढ़नी और ख़ैराती का कछना।.....

ख़ैरन के लौंडे का तमंचा.....मुंशी जी का मफ़लर और इब्राहीम की कमीज़ की आस्तीन मय कफ़!.....

सिद्दीक़ की तहमद का टुकड़ा, उनामना बी की सुरमादानी और वफ़ातन की कजलौटी। सकीना बी की अफ़शाँ की डिबिया.....मुल्ला जी की तस्वीह का इमाम और बाक़र मियाँ की सजदागाह।.....

बिस्मिल्लाह का सूखा हुआ नाल और कलावे में बँधी हुई नन्ही की पहली सालगिरह की हल्दी की गाँठ, दूब और चाँदी का छल्ला। और बशीर का गिलट का तमग़ा जो उसे जंग से ज़िंदा लौट आने पर सरकारे आलिया से मिला था।

मगर किसी ने इन चीजों को न देखा। बस देखा तो उस चोरी के माल को जिसे सालहा साल की छाणमारी के बाद नानी ने लखलौट जोड़ा था।

"चोर.....बेईमान.....कमीनी....."

"निकालो बुढ़िया को महल्ले से....."

"पुलिस में दे दो।"

"अरे इसकी तोशक भी खोलो। इसमें न जाने क्या-क्या होगा?" ग़रज जो जिसके मुँह में आया, कह दिया।

नानी की चीखें एकदम रुक गईं। आँसू खुश्क। सर नीचा और ज़बान गुंग। काटो तो खून नहीं। रात भी जूँ की तूँ। दोनों घुटने मुट्ठियों में दाबे हिलहिल कर सूखी हिचकियाँ लेती रहीं। कभी अपने माँ-बाप का नाम ले-लेकर, कभी मियाँ को याद करके। कभी बिस्मिल्लाह और नन्ही को पुकार के बैन करतीं.....दम भर को ऊँघ जातीं। फिर जैसे पुराने नासूरों में चीटें चटकने लगते और वह बलबला कर चौंक उठतीं। कभी चहकी-पहकी रोतीं, कभी खुद से बातें करने लगतीं। फिर आप ही आप मुस्कुरा उठतीं और फिर तारीकी में से कोई पुरानी याद का भाला खैंच मारता और वह बीमार कुत्ते की तरह नीम इंसानी आवाज़ से सारे महल्ले को चौंका देतीं। दो दिन इसी हालत में बीत गए। महल्ले वालों को आहिस्ता-आहिस्ता एहसासे-नदामत[1] शुरू हुआ। किसी को भी तो इन चीज़ों की तनिक भी ज़रूरत न थी। बरसों की खोई चीज़ों को कभी का रो-पीट कर भूल चुके थे। वे बेचारे खुद कौन-से लखपति थे। तिनके जितना बोझ भी ऐसे मौक़े पर इंसान को शहतीर की तरह लगता है। लोग इन चीज़ों के बग़ैर ज़िंदा थे। शबन की फतोही अब सर्दियों से धींगामुश्ती करने के क़ाबिल कहाँ थी? यह उसके मिलने के इंतज़ार में अपनी बढ़वार थोड़ी रोके बैठा था। हसीना बी ने अंगिया चोली की अहमियत को बेकार समझकर उसे खैरबाद[2] कह दिया था। मिट्टी की गुड़िया का ग़रारा किस मसरफ़ का, वह तो कभी की गुड़ियों की उम्र से गुज़र कर हंडकुलियों की उम्र को पहुँच चुकी थी। महल्ले वालों को नानी की जान लेना थोड़ी मंजूर थी।

पुरान ज़माने में एक देव था। उस देव की जान थी एक भौंरे में। सात समंदर पार एक ग़ार में एक संदूक था। इस संदूक में एक और संदूक़। इस संदूक में एक डिबिया थी जिसमें एक भौंरा था। एक बहादुर शाहज़ादा आया.....और उसने भौंरे

---

1. लज्जा का अहसास
2. त्यागना, छोड़ देना।

की एक टाँग तोड़ दी। उधर देव की एक टाँग जादू के ज़ोर से टूट गई। फिर उसने दूसरी टाँग तोड़ी और देव की दूसरी टाँग भी टूट गई फिर उसने भौंरे को मसल डाला और देव मर गया।

नानी की जान भी तकिए में थी और बंदर ने वह जादू का तकिया दाँतों से चीर डाला और नानी के सीने में गर्म सलाख़ उतर गई।

दुनिया का कोई दुःख, कोई ज़िल्लत, कोई बदनामी ऐसी न थी जो नसीब ने नानी को न बख़्शी हो। जब सुहाग की चूड़ियों पर पत्थर गिरा था तो समझी थीं अब कोई दिन की मेहमान हैं पर जब बिस्मिल्लाह को कफ़न पहनाने लगीं तो यक़ीन हो गया कि ऊँट की पीठ पर यह आख़िरी तिनका है और जब नन्ही मुँह पर कालिख़ लगा गई तो नानी समझीं बस यह आख़िरी घाव है।

ज़माने भर की बीमारियाँ पैदाइश के वक्त से झेलीं। सात बार तो चेचक ने उनकी सूरत पर झाड़ू फेरी। हर बार तीज त्योहार के मौके पर हैजे का हमला होता।

तेरा-मेरा गू-मूत धोते-धोते उँगलियों के पोरे सड़ गए। बर्तन-माँजते हथेलियाँ छलनी हो गईं। हर साल अँधेरे-उजाले ऊँची-नीची सीढ़ियों से लुढ़क पड़तीं। दो-चार लोट-पीट कर फिर घिसटने लगतीं। पिछले जनम में नानी...रही होंगी। जभी तो इतनी सख़्त जान थीं। मौत का क्या वास्ता जो उनके क़रीब फटक जाए। बसरियाँ लगाए फिरेंगी मगर मुर्दे का कपड़ा तन से न छू जाए। कहीं मरने वाला सलवटों में मौत न छुपा गया हो जो नाज़ों की पाली नानी को आन दबोचे! मगर यूँ आक़बत बंदरों के हाथों लुटेगी इसकी किसको ख़बर थी? सुबह-सवेरे भिश्ती मश्क डालने गया तो देखा नानी खपरैल की सीढ़ियों पर उकड़ूँ बैठी हैं। मुँह खुला है। मक्खियाँ अधखुली आँखों में घुस रही हैं। यूँ नानी को सोता देखकर लोग उन्हें मुर्दा समझकर डर जाया करते थे। मगर नानी हमेशा बड़बड़ाकर बलगम थूकतीं जाग पड़तीं और हौंसने वाले को हज़ार गालियाँ सुना डालती थीं।

मगर उस दिन सीढ़ियों पर उकड़ूँ बैठी हुई नानी दुनिया को एक मुस्तक़िल गाली देकर चल बसीं। ज़िंदगी में कोई कल सीधी न थी। करवट-करवट काँटे थे। मरने के बाद कफ़न में भी नानी उकड़ूँ लिटाई गईं। हज़ार खैंचतान पर भी अकड़ा हुआ जिस्म सीधा न हुआ।

लिहाफ़

जब मैं जाड़ों में लिहाफ़ ओढ़ती हूँ तो पास की दीवार पर उसकी परछाईं हाथी की तरह झूमती मालूम होती है और एकदम से मेरा दिमाग़ बीती हुई दुनिया के पर्दों में दौड़ने भागने लगता है। न जाने क्या कुछ याद आने लगता है।

मुआफ़ कीजिएगा, मैं आपको खुद अपने लिहाफ़ का रूमानअंगेज़ जिक्र बताने नहीं जा रही हूँ, न लिहाफ़ से किसी क़िस्म का रूमान जोड़ा ही जा सकता है। मेरे ख़याल में कम्बल कम आरामदेह सही मगर इसकी परछाईं इतनी भयानक नहीं होती जितनी.....जब लिहाफ़ की परछाईं दीवार पर डगमगा रही हो। यह जब का जिक्र है जब मैं छोटी-सी थी और दिन भर भाइयों और उनके दोस्तों के साथ मार-कटाई में गुज़ार दिया करती थी। कभी-कभी मुझे ख़याल आता कि मैं कमबख़्त इतनी लड़ाका क्यों थी? इस उम्र में जबकि मेरी और बहनें आशिक़ जमा कर रही थीं, मैं अपने पराये हर लड़के और लड़की से जूतमपैज़ार में मशगूल थी।

यही वजह थी कि अम्माँ जब आगरा जाने लगीं तो हफ़्ते भर के लिए मुझे अपनी एक मुँह बोली बहन के पास छोड़ गईं। उनके यहाँ, अम्माँ खूब जानती थीं। कि चूहे का बच्चा भी नहीं और मैं किसी से भी लड़-भिड़ न सकूँगी। सज़ा तो खूब थी मेरी! हाँ तो अम्माँ मुझे बेगम जान के यहाँ छोड़ गईं। वही बेगम जान जिनका लिहाफ़ अब तक मेरे ज़ेहन में गर्म लोहे के दाग़ की तरह महफ़ूज़ है। यह वे बेगम जान थीं जिनके ग़रीब माँ-बाप ने नवाब साहब को इसलिए दामाद बना लिया कि गो वे 'पक्की' उम्र के थे मगर थे निहायत नेक। कभी कोई रंडी या बाजारी औरत उनके यहाँ नज़र न आई। खुद हाजी थे और बहुतों को हज करा चुके थे।

मगर उन्हें एक निहायत अजीबोग़रीब शौक़ था। लोगों को कबूतर पालने का जुनून होता है, बटेरें लड़ाते हैं, मुर्ग़बाज़ी करते हैं। इस क़िस्म के वाहियात खेलों से नवाब साहब को नफ़रत थी। उनके यहाँ तो बस तालिबे-इल्म[1] रहते थे। नौजवान गोरे-गोरे पतली कमरों के लड़के जिनका ख़र्च वे खुद बर्दाश्त करते थे।

---

1. विद्यार्थी।

मगर बेगम जान से शादी करके तो वे उन्हें कुल साज़ो-सामान के साथ ही घर में रखकर भूल गए। और वह बेचारी दुबली-पतली नाजुक-सी बेगम तन्हाई के ग़म में घुलने लगीं।

न जाने उनकी ज़िंदगी कहाँ से शुरू होती है। वहाँ से जब वह पैदा होने की ग़लती कर चुकी थीं। या वहाँ से जब वह एक नवाब की बेगम बनकर आईं और छपर कट पर ज़िंदगी गुज़ारने लगीं। या जबसे नवाब साहब के यहाँ लड़कों का ज़ोर बँधा। उनके लिए मरगन हलवे और लज़ीज़ खाने जाने लगे और बेगम दीवार की दरारों में से उनके लचकती कमरों वाले लड़कों की चुस्त पिंडलियाँ और मुअत्तर[1] बारीक शबनम के कुर्ते देख-देखकर अंगारों पर लोटने लगीं।

या जबसे, जब वह मन्नतों और मुरादों से हार गईं। चिल्ले बँधे, और टोटके और रातों की वज़ीफ़ाख़्वानी भी चित हो गई। कहीं पत्थर में जौंक लगती है? नवाब साहब अपनी जगह से टस से मस न हुए। फिर बेगम जान का दिल टूट गया और वह इल्म की तरफ़ मुतवज्जो हुईं। लेकिन यहाँ भी उन्हें कुछ न मिला। इश्क़िया नाविल और जज़्बाती शे'र पढ़कर और भी पस्ती छा गई। रात की नींद हाथ से गई और बेगम जान जी जान छोड़कर बिलकुल ही यासो-हसरत[2] की पोट बन गईं।

चूल्हे में डाला था, ऐसा कपड़ा लत्ता। कपड़ा पहना जाता है किसी पर रौब गाँठने के लिए। अब न तो नवाब साहब को फ़ुर्सत कि शबनमी कुर्ती को छोड़कर ज़रा इधर तवज्जो करें और न वह उन्हें कहीं आने जाने देते। जब से बेगम जान ब्याह कर आई थीं, रिश्तेदार आकर महीनों रहते और चले जाते। मगर वह बेचारी क़ैद की क़ैद रहतीं।

उन रिश्तेदारों को देखकर और भी उनका ख़ून जलता था कि सबके सब मज़े से माल उड़ाने, उम्दा घी निगलने, जाड़े का साज़ो-सामान बनवाने आन मरते और वह बावजूद नई रुई के लिहाफ़ पड़ी सर्दी में अकड़ा करतीं। हर करवट पर लिहाफ़ नई-नई सूरतें बनाकर दीवार पर साया डालता, मगर कोई भी साया ऐसा न था जो उन्हें ज़िंदा रखने के लिए काफ़ी हो? मगर क्यों जिए फिर कोई?....ज़िंदगी! बेगम जान की ज़िंदगी जो थी। जीना बदा था नसीबों में, वह फिर जीने लगीं और ख़ूब जीयीं!

रब्बो ने उन्हें नीचे गिरते-गिरते सँभाल लिया। चटपट देखते-देखते उनका सूखा जिस्म भरना शुरू हो गया। गाल चमक उठे और हुस्न फूट निकला। एक अजीबो-ग़रीब तेल की मालिश से बेगम जान में ज़िंदगी की झलक आई। मुआफ़ कीजिएगा, उस तेल का नुस्ख़ा आपको बेहतरीन से बेहतरीन रिसाले में भी न मिलेगा।

---

1. इत्र की सुगन्ध से युक्त।
2. अभिलाषाएँ।

जब मैंने बेगम जान को देखा तो वह चालीस-बयालीस की होंगी। उफ़्फोह किस शान से वह मसनद पर अधलेटी थीं और उनकी पीठ से लगी बैठी कमर दबा रही थीं। एक ऊदे रंग का दुशाला उनके पैरों पर पड़ा था और वह महारानी की तरह शानदार मालूम हो रही थीं। मुझे उनकी शक्ल बेइंतिहा पसंद थी। मेरा जी चाहता था घंटों बिलकुल पास से उनकी सूरत देखा करूँ। उनकी रंगत बिलकुल सफ़ेद थी। नाम को सुर्ख़ी का ज़िक्र नहीं और बाल स्याह और तेल में डूबे रहते थे। मैंने आज तक उनकी माँग भी बिगड़ी न देखी। क्या मजाल जो एक बाल इधर-उधर हो जाए। उनकी आँखें काली थीं और भवों पर के ज़ायद बाल अलग कर देने से कमानें सी खिंची हुई थीं। आँखें ज़रा तनी हुई रहती थीं। भारी-भारी फूले हुए पपोटे, मोटी-मोटी पलकें, सबसे ज़्यादा जो उनके चेहरे पर हैरतअंगेज़ चीज थी, वे उनके होंठ थे। अमूमन वे सुर्ख़ी से रंगे रहते थे। ऊपर के होंठ पर हल्की-हल्की मूँछें थीं और कनपटियों पर लंबे-लंबे बाल। कभी-कभी उनका चेहरा देखते-देखते अजीब-सा लगने लगता था। कम उम्र लड़कों जैसा!

उनके जिस्म की खाल भी सफ़ेद और चिकनी थी। मालूम होता था किसी ने कई टाँके लगा दिए हों। अमूमन वह अपनी पिंडलियाँ खुजाने के लिए खोलतीं तो मैं चुपके-चुपके उनकी चमक देखा करती। उनका क़द बहुत लंबा था और मांसल होने की वजह से वह बहुत लंबी-चौड़ी मालूम होती थीं। लेकिन सानुपातिक और ढला हुआ जिस्म था। बड़े-बड़े चिकने और सफ़ेद हाथ और सुडौल कमर। तो रब्बो उनकी पीठ खुजाया करती थी यानी घंटों उनकी पीठ खुजाती। पीठ खुजवाना भी ज़िंदगी की ज़रूरत में से था बल्कि शायद ज़रूरियाते ज़िंदगी से भी ज़्यादा।

रब्बो को घर का कोई काम न था। बस वह सारे वक्त उनके छपरकट पर चढ़ी कभी पैर, कभी सर और कभी जिस्म के दूसरे हिस्सों को दबाया करती थी। कभी-कभी तो मेरा दिल बोल उठता था। जब देखो रब्बो कुछ न कुछ दबा रही है या मालिश कर रही है। कोई दूसरा होता तो न जाने क्या होता। मैं अपना कहती हूँ। कोई इतना छुए भी तो मेरा जिस्म तो सड़ गल के ख़त्म हो जाए।

और फिर ये रोज़-रोज़ की मालिश काफ़ी नहीं थी। जिस रोज़ बेगम जान नहातीं....या अल्लाह बस दो घंटे पहले से तेल और खुशबूदार उबटनों की मालिश शुरू हो जाती। और इतनी होती कि मेरा तो कल्पना से ही दिल टूट जाता। कमरे के दरवाज़े बंद करके अंगीठियाँ सुलगतीं और चलता मालिश का दौर। अमूमन सिर्फ़ रब्बो ही रहती। बाक़ी की नौकरानियाँ बड़बड़ाती दरवाज़े पर से ही ज़रूरियात की चीज़ें देती जातीं।

बात यह थी कि बेगम जान को खुजली का मरज़ था। बिचारी को ऐसी ही खुजली होती थी कि हज़ारों तेल और उबटने मले जाते थे मगर खुजली थी कि क़ायम। डॉक्टर हकीम कहते, कुछ भी नहीं। जिस्म साफ़ चट पड़ा है। हाँ कोई जिल्द के

अंदर बीमारी हो तो ख़ैर। "नहीं भई ये डॉक्टर तो हुए हैं पागल, कोई आपके दुश्मनों को मरज़ है? अल्लाह रखे, खून में गर्मी है।" रब्बो मुस्कुराकर कहती और महीन-महीन नज़रों से बेगम जान को घूरती। और ये रब्बो....जितनी ये बेगम जान गोरी थीं उतनी ही ये काली। जितनी बेगम जान सफ़ेद थीं उतनी ही ये सुर्ख़। बस जैसे तपाया हुआ लोहा। हल्के-हल्के चेचक के दाग़। घुटा हुआ ठोस जिस्म। फुर्तीले छोटे-छोटे हाथ। कसी हुई छोटी-सी तोंद। बड़े-बड़े फूले हुए होंठ, जो हमेशा नमी में डूबे रहते और जिस्म में से अजीब घबराने वाली बू के शरारे निकलते रहते थे। और ये नन्हे-नन्हे फूले हुए हाथ किस क़दर फुर्तीले थे, अभी कमर पर, तो वह लीजिए फिसलकर गिर गए कूल्हों पर, वहाँ से रपटे रानों पर और फिर दौड़ टख़नों की तरफ़। मैं तो जब बेगम जान के पास बैठती, यही देखती कि अब उसके हाथ कहाँ हैं और क्या कर रहे हैं?

गर्मी जाड़े बेगम जान हैदराबादी जाली कारगे के कुर्ते पहनतीं। गहरे रंग के पाजामे और सफ़ेद झाग से कुर्ते और पंखा भी चलता हो फिर भी वे हल्की दुलाई ज़रूर जिस्म पर ढके रहती थीं। उन्हें जाड़ा बहुत पसंद था। जाड़े में मुझे उनके यहाँ अच्छा मालूम होता था। वे हिलती-डुलती बहुत कम थीं। कालीन पर बैठी हैं। पीठ खुज रही है। सूखे मेवे चबा रही हैं और बस! रब्बो से दूसरी सारी नौकरानियाँ ख़ार खाती थीं। चुड़ैल बेगम जान के साथ खाती। साथ उठती-बैठती और माशा अल्लाह साथ ही सोती थी। रब्बो और बेगम जान आम जलसों और महफ़िलों की बातचीत का दिलचस्प मौजू थीं। जहाँ इन दोनों का ज़िक्र आया और क़हक़हे उठे। लोग न जाने क्या-क्या चुटकुले ग़रीब पर उड़ाते। मगर वे दुनिया में किसी से मिलती ही न थीं। वहाँ तो बस वे थीं और उनकी खुजली।

मैंने कहा कि उस वक्त मैं काफ़ी छोटी थी और बेग़म जान पर फ़िदा। वह भी मुझे बहुत ही प्यार करती थीं। इत्तफ़ाक़ से अम्माँ आगरा गईं। उन्हें मालूम था कि अकेले घर में भाइयों से मार कटाई होगी। मारी-मारी फिरूँगी इसलिए वह हफ़्ता भर के लिए मुझे बेगम जान के पास छोड़ गईं। मैं भी खुश और बेगम जान भी खुश। आख़िर को अम्माँ की बहन बनी हुई थीं।

सवाल यह उठा कि मैं सोऊँ कहाँ? क़ुदरती तौर पर बेगम जान के कमरे में। लिहाज़ा मेरे लिए भी उनके छपरकट से लगाकर छोटी-सी पलंगड़ी डाल दी गई। दस-ग्यारह बजे तक तो बातें करते रहे। मैं और बेगम जान चांस खेलते रहे और फिर मैं सोने के लिए अपने पलंग पर चली गई। और जब मैं सोई तो रब्बो वैसे ही बैठी उनकी पीठ खुजा रही थी। "भंगन कहीं की।" मैंने सोचा। रात को मेरी एकदम से आँख खुली तो मुझे अजीब तरह का डर लगने लगा। कमरे में घुप्प अँधेरा और उस अँधेरे में बेगम जान का लिहाफ़ ऐसे हिल रहा था जैसे उसमें हाथी बंद हो, "बेगम जान!" मैंने डरी हुई आवाज़ निकाली, हाथी हिलना बंद हो गया। लिहाफ़

नीचे दब गया।

"क्या है...सो रहो...." बेगम जान ने कहीं से आवाज़ दी।

"डर लग रहा है...." मैंने चूहे की सी आवाज़ से कहा।

"सो जाओ....डर की क्या बात है....आयतल कुर्सी[1] पढ़ लो।"

"अच्छा...." मैंने जल्दी-जल्दी आयतल कुर्सी पढ़ी। मगर ये इल्म माबीन पर आकर हर बार अटक गई। हालाँकि इस वक़्त मुझे आयत याद है।

"तुम्हारे पास आ जाऊँ बेगम जान....."

"नहीं.....बेटी....सो रहो....." ज़रा सख़्ती से कहा।

और फिर दो आदमियों के खुसर-फुसर करने की आवाज़ सुनाई देने लगी....हाय रे यह दूसरा कौन? मैं और भी डरी।

"बेगम जान चोर-वोर तो नहीं?"

"सो जाओ बेटा.....कैसा चोर?" रब्बो की आवाज़ आई। मैं जल्दी से लिहाफ़ में मुँह डालकर सो गई।

सुबह सवेरे मेरे जेहन में रात के भयानक नज़ारे का ख़याल भी न रहा। मैं हमेशा की वहमी हूँ। रात को डरना, उठ-उठ कर भागना और बड़बड़ाना तो बचपन में रोज़ ही होता था। सब तो कहते थे मुझ पर भूतों का साया हो गया है, लिहाज़ा मुझे ख़याल भी न रहा। सुबह को बिलकुल मासूम नज़र आ रहा था। मगर दूसरी रात जब मेरी आँख खुली तो रब्बो और बेगम जान में कुछ झगड़ा बड़ी ख़ामोशी से छपरकट पर ही तय हो रहा था और मेरी ख़ाक समझ में नहीं आया था कि क्या फ़ैसला हुआ? रब्बो हिचकियाँ लेकर रोई। फिर बिल्ली की तरह सपड़-सपड़ रकाबी चाटने जैसी आवाजें आने लगीं....ऊँह....मैं तो घबराकर सो गई।

आज रब्बो अपने बेटे से मिलने गई हुई थी। वह बड़ा झगड़ालू था। बहुत कुछ बेगम ने किया। उसे दुकान कराई.....गाँव में लगवाया। मगर वह किसी तरह मानता ही न था। नवाब साहब के यहाँ कुछ दिन रहा। खूब जोड़े-जामे भी बने पर न जाने क्यों ऐसा भागा कि रब्बो से मिलने भी न आता।....लिहाज़ा रब्बो ही अपने किसी रिश्तेदार के यहाँ उससे मिलने गई थी। बेगम जान न जाने देतीं मगर रब्बो भी मजबूर हो गई।

सारे दिन बेगम परेशान रहीं। उनका जोड़-जोड़ टूटता रहा। किसी का छूना भी उन्हें न भाता था। उन्होंने खाना भी न खाया और सारा दिन उदास पड़ी रहीं।

"मैं खुजा दूँ बेगम जान?" मैंने बड़े शौक़ से ताश के पत्ते बाँटते हुए कहा। बेगम जान ग़ौर से मुझे देखने लगीं।

"मैं खुजा दूँ....सच कहती हूँ।" मैंने ताश रख दिए।

1. कुर्आन की वह आयत जो शत्रु पर विजय प्राप्त करने के लिए पढ़ी जाती है।

मैं थोड़ी देर तक खुजाती रही और बेगम जान चिपकी लेटी रहीं। दूसरे दिन रब्बो को आना था। मगर वह आज भी ग़ायब थी। बेगम जान का मिजाज़ चिड़चिड़ा होता गया.....चाय पी-पीकर उन्होंने सर में दर्द कर लिया।

मैं फिर खुजाने लगी उनकी पीठ.....चिकनी मेज़ की तख़्ती जैसी पीठ....मैं हौले-हौले खुजाती रही। उनका काम करके कैसी खुशी होती थी!

''ज़रा ज़ोर से खुजाओ....बंद खोल दो....'' बेगम जान बोलीं....''उधर....ऐ....हे...ज़रा कंधे के नीचे....हाँ....वाह...भई...हा...हा.....'' वे सुरूर में ठंडी साँसें लेकर इत्मीनान ज़ाहिर करने लगीं।

''और इधर....'' हालाँकि बेगम का हाथ ख़ूब जा सकता था मगर वे मुझसे ही खुजवा रही थीं और मुझे उल्टा फ़ख्र हो रहा था। ''यहाँ....उई...तुम तो गुदगुदी करती हो....वाह।'' वे हँसीं। मैं बातें भी कर रही थी और खुजा भी रही थी।

''तुम्हें कल बाज़ार भेजूँगी.....क्या लोगी....वही सोती जागती गुड़िया....''

''नहीं बेगम जान....मैं तो गुड़िया नहीं लेती.....क्या बच्चा हूँ अब मैं?''

''बच्चा नहीं तो क्या बूढ़ी हो गई हो?'' वे हँसीं....''गुड़िया नहीं तो क्या बबुआ लेना.....कपड़े पहनाना खुद....मैं दूँगी तुम्हें बहुत से कपड़े, सुना....?'' उन्होंने करवट बदली।

''अच्छा....'' मैंने जवाब दिया।

''इधर.....'' उन्होंने मेरा हाथ पकड़कर जहाँ खुजली हो रही थी रख दिया। जहाँ उन्हें खुजली मालूम होती, वहाँ मेरा हाथ रख देतीं और मैं बेख़याली में बबुए के ध्यान में डूबी मशीन की तरह खुजाती रही और वे मुतवातिर बातें करती रहीं।

''सुनो तो तुम्हारी फ्राकें कम हो गई हैं। कल दर्जी को दे दूँगी कि नई सी लाए। तुम्हारी अम्माँ कपड़ा दे गई हैं।''

''वो लाल कपड़े की नहीं बनवाऊँगी...चमारों जैसा है....'' मैं बकवास कर रही थी और हाथ न जाने कहाँ से कहाँ पहुँचा.....बातों-बातों में मुझे मालूम भी न हुआ। बेगम जान तो चित लेटी थीं..... ''अरे.....'' मैंने जल्दी से हाथ खींच लिया।

''उई लड़की....देखकर नहीं खुजाती.....मेरी पसलियाँ नोचे डालती है।'' बेगम जान शरारत से मुस्कुराईं और मैं झेंप गई।

''इधर आकर मेरे पास लेट जा।'' उन्होंने मुझे बाजू पर सर रखकर लिटाया।

''ऐ हे.....कितनी सूख रही है.....पसलियाँ निकल रही हैं....'' उन्होंने मेरी पसलियाँ गिनना शुरू कर दीं।

''ऊँ.....'' मैं मुनमुनाई।

''उई.....तो क्या मैं खा जाऊँगी?.....कैसा तंग स्वेटर बुना है?''

.....''गर्म बनियान भी नहीं पहना तुमने?'' मैं कुलबुलाने लगी।

''कितनी पसलियाँ होती हैं?....'' उन्होंने बात बदली।

"एक तरफ़ नौ और दूसरी तरफ़ दस।" मैंने स्कूल में याद की हुई हाइजीव मदद ली। वह भी ऊटपटाँग।

"हटाओ तो हाथ.....हाँ.....एक.....दो.....तीन....."

मेरा दिल चाहा किसी तरह भागूँ....और उन्होंने ज़ोर से भींचा।

"ऊँ...." मैं मचल गई.....बेगम ज़ान ज़ोर-ज़ोर से हँसने लगीं। अब भी जब कभी मैं उनका उस वक़्त का चेहरा याद करती हूँ तो दिल घबराने लगता है। उनकी आँखों के पपोटे और वज़्नी हो गए। ऊपर के होंठ पर स्याही घिरी हुई थी। बावजूद सर्दी के पसीने की नन्ही-नन्ही बूँदें होठों और नाक पर चमक रही थीं। उनके हाथ बर्फ़ से ठंडे थे। मगर नर्म-नर्म जैसे उनपर की खाल उतर गई हो। उन्होंने शाल उतार दी थी और कारगे के महीन कुर्ते में उनका जिस्म आटे की लोई की तरह चमक रहा था। भारी जड़ाऊ सोने के बटन गरेबान के एक तरफ़ झूल रहे थे। शाम हो गई थी और कमरे में अँधेरा घुट रहा था। मुझे एक नामालूम डर से घबराहट होने लगी। बेगम जान की गहरी-गहरी आँखें। मैं रोने लगी दिल में। और वे मुझे एक मिट्टी के खिलौने की तरह भींच रही थीं। उनके गर्म-गर्म जिस्म से मेरा दिल बोलाने लगा। मगर उन पर तो जैसे कोई भुतना सवार था और मेरा दिमाग़ का यह हाल कि न चीख़ा जाए और न रो सकूँ।

थोड़ी देर के बाद वे पस्त होकर निढाल लेट गईं। उनका चेहरा फीका और बदरौनक़ हो गया। और लंबी-लंबी साँसें लेने लगीं। मैं समझी कि अब मरीं ये....और वहाँ से उठकर सरपट भागी बाहर....!

शुक्र है कि रब्बो रात को आ गई और मैं डरी हुई जल्दी से लिहाफ़ ओढ़कर सो गई। मगर नींद कहाँ? चुप घंटों पड़ी रही।

अम्माँ किसी तरह आ ही नहीं चुकी थीं। बेगम जान से मुझे ऐसा डर लगता था कि मैं सारा दिन मामाओं के पास बैठी रही। मगर उनके कमरे में क़दम रखते दम निकलता था और कहती किससे और कहती ही क्या कि बेगम से डर लगता है? और वो बेगम जान जो मेरे ऊपर जान छिड़कती थीं।

आज रब्बो में और बेगम जान में फिर अनबन हो गई.....मेरी क़िस्मत की ख़राबी कहिए या कुछ और। मुझे उन दोनों की अनबन से डर लगा। क्योंकि फ़ौरन ही बेगम जान को ख़याल आया कि मैं बाहर सर्दी में घूम रही हूँ और मरूँगी निमोनिया में।

"लड़की क्या मेरा सर मुँडवाएगी....जो कुछ हो हुआ गया तो और आफ़त आएगी।" उन्होंने मुझे पास बिठा लिया। वे ख़ुद मुँह-हाथ सलफ़ची में धो रही थीं। चाय तिपाई पर रखी थी।

"चाय तो बनाओ....एक प्याली मुझे भी देना....." वे तौलिया से मुँह सुखा

कर बोलीं।....“मैं ज़रा कपड़े बदल लूँ।”

वे कपड़े बदलती रहीं और मैं चाय पीती रही। बेगम जान नाइन से पीठ मलवाते वक्त अगर मुझे किसी काम से बुलातीं तो मैं गर्दन मोड़े-मोड़े जाती और वापस भाग आती। अब जो उन्होंने कपड़े बदले तो मेरा दिल उलटने लगा। मुँह मोड़े मैं चाय पीती रही।

“हाय अम्माँ....” मेरे दिल ने बेकसी से पुकारा। “आख़िर मैं ऐसा भाइयों से क्या लड़ती हूँ जो तुम मेरी मुसीबत....” अम्माँ को हमेशा से मेरा लड़कों के साथ खेलना नापसंद है। कहो, भला लड़के क्या शेर-चीते हैं जो निगल जाएँगे उनकी लाडली को? और लड़के भी कौन? खुद भाई और दो-चार सड़े-सड़ाए ज़रा-ज़रा से उनके दोस्त! मगर नहीं वो तो औरत ज़ात को सात तालों में रखने की क़ायल और यहाँ बेगम जान की वह दहशत कि दुनिया भर के गुंडों से नहीं...बस चलता तो इस वक्त सड़क से भाग जाती पर वहाँ न टिकती। मगर लाचार थी। मजबूरन कलेजे पर पत्थर रखे बैठी रही।

कपड़े बदल सोलह सिंगार हुए और गर्म-गर्म ख़ुशबुओं के इत्र ने और भी उन्हें अंगारा बना दिया और वो चलीं मुझ पर लाड़ उतारने।

“घर जाऊँगी.....” मैंने उनकी हर लाड़ के जवाब में कहा और रोने लगी।

“मेरे पास तो आओ मैं....तुम्हारे बाज़ार ले जाऊँगी.....सुनो तो.....”

मगर मैं खली की तरह फैल गई....सारे खिलौने, मिठाइयाँ एक तरफ़ और घर जाने की रट एक तरफ़।

“वहाँ भैया मारेंगे....चुड़ैल....” उन्होंने प्यार से मुझे थप्पड़ लगाया।

“पड़े मारें भैया.....” मैंने दिल में सोचा और रूठी अकड़ी बैठी रही।

“कच्ची अमियाँ खट्टी होती हैं बेगम जान...” जली-कटी रब्बो ने राय दी। और फिर इसके बाद बेगम जान को दौरा पड़ गया। सोने का हार जो वे थोड़ी देर पहले मुझे पहना रही थीं, टुकड़े-टुकड़े हो गया। महीन जाली का दुपट्टा तार-तार। और वह माँग जो मैंने कभी बिगड़ी न देखी थी झाड़-झंखाड़ हो गई।

“ऊह.....ऊह.....ऊह.....ऊह....” वे झटके ले-लेकर चिल्लाने लगीं। मैं रपटी बाहर।

बड़े जतनों से बेगम जान को होश आया। जब मैं सोने के लिए कमरे में दबे पैर जाकर झाँकी तो रब्बो उनकी कमर से लगी जिस्म दबा रही थी।

“जूती उतार दो.....” उसने उनकी पसलियाँ खुजाते हुए कहा और चुहिया की तरह लिहाफ़ में दुबक गई।

“सर-सर फट कच....” बेगम जान का लिहाफ़ अँधेरे में फिर हाथी की तरह झूम रहा था।

“अल्लाह! आँ.....” मैंने मरी हुई आवाज़ निकाली। लिहाफ़ में हाथी फुदका

और बैठ गया। मैं भी चुप हो गई। हाथी ने फिर लौट मचाई। मेरा रुआँ-रुआँ काँपा। आज मैंने दिल में ठान लिया कि ज़रूर हिम्मत करके सिरहाने का लगा हुआ बल्ब जला दूँ। हाथी फिर फड़फड़ा रहा था और जैसे उकड़ूँ बैठने की कोशिश कर रहा था। चपड़-चपड़ कुछ खाने की आवाज़ें आ रही थीं जैसे कोई मज़ेदार चटनी चख रहा हो। अब मैं समझी! यह बेगम जान ने आज कुछ नहीं खाया और रब्बो मुर्दी तो है सदा की चट्टो। ज़रूर यह तर-माल उड़ा रही है। मैंने नथुने फुलाकर 'सूँ सूँ' हवा को सूँघा। सिवाय इत्र, संदल और हिना की गर्म-गर्म खुशबू के और कुछ न महसूस हुआ।

लिहाफ़ फिर उमँडना शुरू हुआ। मैंने बहुतेरा चाहा कि चुपकी पड़ी रहूँ मगर उस लिहाफ़ ने तो ऐसी अजीब-अजीब शक्लें बनानी शुरू कीं कि मैं काँप गई। मालूम होता था गूँ-गूँ करके कोई बड़ा-सा मेढक फूल रहा है और अब उछल कर मेरे ऊपर आया।

"आ.....न....अम्माँ...." मैं हिम्मत करके गुनगुनाई। मगर वहाँ कुछ सुनवाई न हुई और लिहाफ़ मेरे दिमाग़ में घुसकर फूलना शुरू हुआ। मैंने डरते-डरते पलंग के दूसरी तरफ़ पैर उतारे और टटोल कर बिजली का बटन दबाया। हाथी ने लिहाफ़ के नीचे एक क़लाबाज़ी लगाई और फिर पिचक गया। क़लाबाज़ी लगाने में लिहाफ़ का कोना फुट भर उठा....अल्लाह! मैं ग़ड़ाप से अपने बिछौने में!

शख़्सियतें जिन्होंने मुझे प्रभावित किया

समझ में नहीं आता अपने प्रभावित होने का इल्ज़ाम किसके सर थोप दूँ। ददिहाल वालों का ख़याल था कि मैं पूरमपुर अपनी ननिहालवालों पर गई हूँ। निगोड़े, शेख, पतली दाल खानेवाले। मगर ननिहालवालों को यक़ीन था कि मैं सौ फ़ीसद ददिहालवालों पर पड़ी हूँ; वही अपनी फूफी जैसा डीलडौल और गज़ भर की ज़बान। चंगेज़ ख़ाँ की औलाद से और क्या उम्मीद की जा सकती है?

लेकिन अगर कोई मेरी अम्माँ से पूछता कि बेटी को क्या हो गया तो वह ठंडी साँस भरकर कहतीं, "न ददिहाल का क़ुसूर न ननिहाल का। ये सब नसीब का फेर है।"

ऐसी सूरत में किसका नाम ले दूँ? वह बीज जिससे मेरी हस्ती वजूद में आई। क़तई टेढ़ा-मेढ़ा न था। ज़रूर पालने-पोसने में कोई भूल-चूक होगी।

मगर मुझे बज़ाते खुद इस माहौल से कोई शिकायत नहीं, जहाँ मेरी तराश-ख़राश हुई। किचर-पिचर बच्चों के जमघट में एक पा प्यादा सिपाही की तरह तरबीयत पाई। न लाड़ हुए, न नख़रे, न कभी ताबीज़-गंडे बँधे, न नज़र उतारी गई। न कभी खुद को किसी की ज़िंदगी का अहम हिस्सा महसूस किया।

बहनें चूँकि बड़ी निकल गईं इसलिए भाइयों की सफ़ में जगह मिली। खेल-कूद का जमाना उन्हीं के साथ गुल्ली-डंडा, फुटबाल और हॉकी खेल कर गुज़रा। पढ़ाई भी उनके साथ ही हुई। सच पूछिए तो अस्ल मुजरिम मेरे भाई ही थे जिनकी सोहबत ने मुझे उन्हीं की तरह आज़ादी से सोचने पर मजबूर किया। वह शर्मो-हया जो आमतौर पर मध्यवर्ग की लड़कियों में एक लाज़िमी गुण समझा जाता है, पनप न सकी। छोटी-सी उम्र से दुपट्टा ओढ़ना, झुककर सलाम करना, शादी-ब्याह के ज़िक्र पर शरमाने की आदत भाइयों ने छेड़-छेड़कर पड़ने ही न दी। सिवाय अज़ीम भाई सभी घर में चाक़ चौबंद थे। कुनबे का कुनबा हद दर्जे बामजाक़ और बातूनी। आपस में चीखें चलतीं, नए-नए जुमले तराशे जाते। एक-दूसरे की धज्जियाँ उड़ाई जातीं। बच्चे-बच्चे की ज़बान सान पर रखी थी।

अब्बा पेंशन लेकर आगरे के पुराने घर में रहने लगे। खुली हवा में उड़ने के

बाद एकदम से निहायत बोसीदा माहौल की घुटन से वास्ता पड़ा। कहाँ फुटबाल और गुल्ली डंडा कहाँ आगरा महल्ला पंजाशाही की बोसीदा गलियाँ और उन घुटी हुई गलियों में पलने वाली झुकी-झुकी लड़कियाँ जो दिल की धड़कन से सहम जातीं। मेरी उन लड़कियों से बिलकुल न बनी और उन बुढ़ियों से भी ठन गई जो मुझे छज्जों पर कुलाचें भरता देखकर हैबतज़दा हो जातीं।

"नौज बुआ, नच्छो की लौंडिया है कि मुआ बज़ाज़, तौबा तौबा!"

और मेरी अम्माँजान, नुसरत खानम जिन्हें लोग प्यार से नच्छो कहते थे, शर्म के मारे पानी-पानी हो जातीं।

और आगरे की उन मुर्दा गलियों में पहली बार मुझे अपने लड़की होने का सदमा हुआ। औरत ख़ुदा जाने क्यों पैदा की। इस मरी-पड़ी मजबूरो महकूम हस्ती की क्या ज़रूरत थी? धोबन रोज़ रात को पिटती थी। मेहतरानी के आए दिन जूते पड़ा करते थे। पास-पड़ोस की तमाम औरतें आए दिन अपने शौहरों से जूते खाया करती थीं और मैं ख़ुदा से गिड़गिड़ाकर दुआ माँगती : ऐ अल्लाह पाक मुझे लड़का बना दे कि मैं छत पर पतंग उड़ाने पर न पिटूँ, गलियों में कबड्डी खेल सकूँ और आज़ादी से बंदरों के पीछे भागती फिरूँ। मगर आगरे में गंदी गलियाँ ही न थीं, उन गलियों में सारे दूर और पास के रिश्तेदार भी रहते थे जिनसे अम्माँ लरज़ा करतीं। जब तक दूसरे शहरों में रहे, आज़ाद रहे, अपने कुनबे में आकर तो जैसे बेड़ियाँ पड़ गईं।

मगर मुझे आगरे की इन शर्मीली दबी लड़कियों से मजबूरन बहनापा जोड़ना पड़ा और मुझे मालूम हुआ कि ये ज़ाहिर में भोली नज़र आने वाली लड़कियाँ बड़ी चलता पुर्जा हैं। छुप-छुप कर वो गुल खिलाए जाते हैं कि इलाही तौबा। बुढ़ियों को चुटकियों में उल्लू बनाकर गली के लौंडों से खूब-खूब पैंगें बढ़ती हैं। मुझे दोग़ली ज़िंदगी से बड़ी कराहत आई।

आगे के गंदे वातावरण से जल्द ही छुटकारा मिल गया और हम लोग अलीगढ़ जा बसे। अम्माँ को भी कुछ ख़ानदान वालों से वहशत-सी होती थी। अलीगढ़ की खुली हवा में फिर हमारी पुरानी ज़िंदगी लौट आई। वही फूस के बंगले, उग्गी का किनारा और हरे-भरे खेत और उन खेतों में ककड़ियाँ, खीरे चुराना, पेड़ों पर चढ़ना.....और फिर मुझे अपने लड़की होने का ग़म न रहा बल्कि लड़की होने के कुछ फ़ायदे नज़र आने लगे। मसलन अब्बा का हुक्म था कि लड़कियों की चोटी न खींची जाए और न उनकी बालियों में उँगली डाल कर झटके दिए जाएँ। लड़कियाँ अगर मारें तो सरकार से शिकायत की जाए, मुनासिब सज़ा दी जाएगी। लड़कियाँ कहाँ बस एक ख़ाकसार ही लड़की थी जिसकी शिकायतें अब्बा के दरबार में आए दिन पेश की जातीं। मगर भाई इतने बदनाम हो चुके थे कि हमें अमूमन सज़ा न मिलती, उल्टे वही डाँट दिए जाते।

अलीगढ़ आकर अज़ीम भाई के वजूद का एहसास दिन ब-दिन बढ़ता गया। ख़ुदा जाने उन्हें मुझसे क्यों एकदम दिलचस्पी पैदा हो गई। मुझे तो बड़े भाई नसीम हमेशा से अच्छे लगते थे। उनसे मार खाने में भी मज़ा आता था, क्योंकि वह पैसे और मिठाइयाँ भी तो देते थे। अज़ीम भाई न पैसे देते थे न चपतें मारते थे, बड़ी संजीदगी से बात करते।

और फिर उन्होंने मुझे तारीख़ (इतिहास) और अंग्रेज़ी पढ़ाना शुरू की। यह याद नहीं रहा कि इब्तिदा कैसे हुई मगर इतना याद है कि शाम को जब वह काम से थके-हारे आते थे तो अपने बरामदे में पलंग पर लेट जाते थे और मुझसे कहते ज़ोर-ज़ोर से पढ़ो। फिर तर्जुमा दुरुस्त करते। इमला लिखवाते, इसके बाद बातें किया करते। याद नहीं क्या बातें थीं जिनसे शुरुआत हुई, बाद में तो हसीद और क़ुर्आन के बारे में बताया करते थे। उनका पढ़ाने का तरीक़ा अजीब था। कोई नाविल देते कि इसका तर्जुमा कर डालो। अंग्रेज़ी से उर्दू में और उर्दू से अंग्रेज़ी में। दस-दस सफ़े तर्जुमा करा डालते। नाविलों का तर्जुमा करने में कई फ़ायदे होते थे। एक तो यह कि पूरी नाविल का तर्जुमा करने से पहले नाविल ख़त्म करना पड़ती थी और उसी ज़माने से मुझे शिद्दत से नाविल पढ़ने का चक्कर पड़ गया। सारी-सारी रात नाविलें कहानियाँ पढ़ा करती। उस ज़माने में मैंने जितनी नाविलें पढ़ीं खाक़ पल्ले नहीं पड़ा, लिहाज़ा फिर पढ़ना पड़ीं। हार्डी वह पहला नावलिस्ट था जिसे मैंने बकौल अजीम़ भाई घोल कर पी लिया।

उस ज़माने में अज़ीम भाई ने मुझे इतना प्रभावित किया कि मैं बिलकुल उनकी आवाज़ की अनुगूँज बन गई।

"मंसूर के पर्दे में ख़ुदा बोल रहा है।" जब मैं बोलती तो सब चिढ़ाते कि यह मैं नहीं अज़ीम भाई बोल रहे हैं और अज़ीम भाई ने भी मेरी नासमझी से फ़ायदा उठाया। वह बात जो वह ख़ुद न कह पाते, बड़ी होशियारी से मेरे कान में डाल देते और मैं फट से कह देती। उस दौर में बक़ौल ख़ानदान वालों के उन्होंने मुझे ख़ूब भड़काया। मेरी तबीयत जो पहले से ही ख़ुदसर और ज़िद्दी थी उनकी शह पाकर और भी क़ाबू से बाहर हो गई।

वह उन दिनों क़ानून पढ़ रहे थे और साथ ही साथ एक कारख़ाने में नौकरी भी करते थे। मज़मून भी लिखा करते थे। इस क़दर मेहनत करने के बाद वह रात को मुझे कई घंटे पढ़ाया करते थे। कभी हरारत होती, कभी सीने में दर्द होता, कभी हाथ-पैर ऐंठते। उनकी बीवी-बेटी छाती सेंका करतीं और वह मुझे पढ़ाया करते। उन्होंने कभी मुझसे सर या पैर दबाने को नहीं कहा और मैंने भी कभी उनका कोई काम करने की ज़रूरत महसूस नहीं की। बड़े भाई जो थे इसीलिए मुझे पढ़ाना तो उनका फ़र्ज़ था। एक दफ़े उन्हें बड़ी शिद्दत का खाँसी का दौरा पड़ा। दो घंटे हो गए और चंद सफ़े का तर्जुमा ख़त्म न हो पाया। मुझे झल्लाहट आने लगी।

"हम नहीं पढ़ते आपसे, आप इतना तो खाँसते हैं।" मैंने जलकर कहा।

"बेवक़ूफ़ कहीं की, क्या हम जान बूझ कर खाँस रहे हैं।" उन्होंने हँसकर कहा और वादा किया कि अब नहीं खाँसेंगे।

पता नहीं इन्हें भविष्य से क्यों दिलचस्पी हो रही थी। मैट्रिक करने पर इस क़दर खुश हुए कि अपने बेटे के पैदा होने पर न हुए होंगे। छुट्टियों में उन्होंने मुझे अपने घर बुला लिया। अब वह जोधपुर में वकालत करने लगे थे। उन दिनों उन्होंने मुझे कुर्आन का तर्जुमा और हदीस पढ़ने में मदद की और शायद क्या क़तई मैंने उनकी कहानियाँ पढ़-पढ़कर खुद भी छुपा-छुपा कर लिखना शुरू कर दिया। हजात इस्माईल, मजनूं गोरखपुरी और नियाज़ फ़तेहपुरी की कहानियाँ पढ़कर ऐसा महसूस होता गोया ये सब कुछ मेरे ही ऊपर बीत रही हो और फिर मैंने खुद को कहानी की हीरोइन समझकर निहायत चटपटी क़िस्म की घटनाएँ लिखना शुरू कीं।

मसलन मैं बहुत ख़ूबसूरत हूँ बिलकुल हजात इस्माईल की हीरोइन की तरह सुनहरी बाल, नीली आँखें, किरमिज़ी रंग का लबादा ओढ़े अधलेटी हूँ....हीरो आता है.....मेरा पहला हीरो हमेशा डॉक्टर होता था। शायद इसलिए कि उस ज़माने में डॉक्टर ही ऐसा ग़ैर मर्द होता था जो घर में आकर नब्ज़ टटोल सकता था। यह डॉक्टर लाजिमी तौर पर बहुत हसीन होता था। रात भर मेरे सिरहाने बैठा रहता। मेरी हालत ख़राब होने पर ज़ारो-क़तार रोता, बेताब होकर चूमता और मेरी हसीन मौत पर दहाड़ें मारकर रोता और अमूमन खुदकुशी कर लेता। क्या मज़ेदार हुआ करती थीं ये कहानियाँ। उन्हें लिखने में उतना ही लुत्फ़ आता था जैसा चटपटी कहानियाँ पढ़ने में आता है। जैसे रूमानी नाविल में हीरो-हीरोइन के लबों का बोसा लेता तो पढ़ने वाले के पसीने छूट जाते हैं। यही हाल लिखने में भी होता है। अमूमन ऐसी कहानियाँ लिखकर मैं फ़ौरन फाड़ डाला करती क्योंकि मुझे मालूम था वे 'गंदी' हैं और अगर किसी ने पढ़ लीं तो वो जूताकारी होगी कि बस।

मगर न जाने क्यों फिर लिख कर दोबारा-तिबारा पढ़ने में लुत्फ़ आता। ऐसा मालूम होता कि जैसे मैंने नहीं किसी और ने लिखी हैं। और वाक़ई वे मेरी रचनाएँ न थीं और न मेरा रोजनामचा थीं। बल्कि वे उन कहानियों का निचोड़ थीं जो मुझे बहका चुकी थीं।

ऐसी कहानियों का मेरे सिरहाने अंबार जमा हो गया और वही हुआ जिसका मुझे डर था।

एक दिन शमीम, जो उम्र में मुझसे साल डेढ़ साल बड़े हैं, मेरे पलंग पर लेट गए। सिरहाने कागज़ सरसराए तो निकालकर पढ़ने लगे।

"आ हा हा.....भुतनी ने क्या गंदी-गंदी बातें लिखी हैं, तौबा-तौबा!"

शमीम सूर ने ज़ोर-ज़ोर से पढ़ना शुरू किया।

"डॉक्टर जमील ने अपना सफ़ेद बुर्राक़ हाथ मेरे सीने पर रखा और मेरे गुलाबी होंठ....."

मैं पास ही गुसलख़ाने में नहा रही थी, सर में बेसन डाल चुकी थी, उफ़्फ़ोह। बयान नहीं कर सकती क्या हालत हुई। या ख़ुदा अगर एक सतर और आगे पढ़ ली तो फिर डूब मरने के सिवा कहीं ठिकाना न रहेगा।

हैबतजदा होकर मैंने गुसलखाने ही से वो ज़ोर-ज़ोर की चीख़ें मारीं कि सारा घर हिल गया। लोग समझे शायद मोरी से साँप निकल आया और मुझे डस लिया। शमीम बेचारा काग़ज़ फेंक फाँक कर मेरी जान की ख़ैर मनाने लगा। मैंने उलटे-सीधे कपड़े पहने और बाहर निकल शमीम का मुँह नोच डाला। वह बेचारा बुद्धू मुँह फाड़कर रह गया। आगे उसे पढ़ने का होश ही न रहा। वह खुद मेरी ज़िंदगी से हाथ धो बैठा था। मैंने उसी वक्त सारा पुलिंदा जलाकर खाक़ कर दिया। शमीम ने बहुत कहने की कोशिश की कि मैंने निहायत गंदी कहानियाँ लिखी थीं। मगर मैंने झुठला दिया कि तर्जुमा था। वह बेचारा परले दर्जे का झूठा मशहूर था इसलिए किसी ने भी नोटिस न लिया।

अब भी इस ख़याल से कोफ़्त होती है कि अगर बजाय शमीम के कोई दूसरा भाई पढ़ लेता तो वाक़ई क़यामत आ जाती।

बस उस दिन से मैंने तौबा की कि अव्वल तो ऐसी बेहूदा कहानियाँ लिखूँगी ही नहीं, जो अगर लिखूँगी भी तो फ़ौरन फाड़ डालूँगी। हालाँकि अब अगर ग़ौर करती हूँ तो हँसी आती है। उन कहानियों में तो कुछ भी न था, सिवाय ऊपरी चूमाचाटी के जो मुझे निहायत फुसफुसी लगने लगी थी।

फिर कई साल कुछ नहीं लिखा। बी. ए. के बाद दुनिया ही बदल जाती है। चार-साल में इंसान कितना बड़ा हो जाता है। मैट्रिक के बाद चार साल मैंने कोर्स की किताबें मजबूरन पढ़ीं। यूनानी ड्रामा और शेक्सपियर से लेकर इब्सन और बर्नार्ड शॉ तक बहुत कुछ पढ़ डाला। बर्नार्ड शॉ ने मेरा दिल मुट्ठी में ले लिया। मैंने अपना पहला मज़्मून या ड्रामा 'फ़सादी' बर्नार्ड शॉ से हद दर्जे प्रभावित होकर लिखा। सामग्री मैंने अपने इर्द-गिर्द से ली और ईंट-गारा बर्नार्ड शॉ से। बी.टी. क्लास में मेरी हम जमात अज़रा हैदर मुझे बर्नार्ड शॉ कहकर खूब चिढ़ाया करतीं। इसलिए मैंने फ़ौरन बर्नार्ड शॉ के शिकंजे से निकलकर कहानियाँ लिखना शुरू कीं।

और जिंदगी के इस दौर में मुझे एक तूफ़ानी हस्ती से मिलने का मौक़ा मिला जिसके वजूद ने मुझे हिलाकर रख दिया। रौशन आँखों और खिले हुए चेहरे वाली रशीदा आपा से कौन ऐसा था कि एक दफ़े मिलकर भन्ना न जाए?

पहली दफ़े मैंने उन्हें न जाने कौन से जलसे में देखा था? बेगम भोपाल सदारत की कुर्सी पर बैठी हुई थीं। कड़कड़ाते जाड़े में बीबियाँ मोटे-मोटे दोशाले ओढ़े कोट डाँटे पंडाल के अंदर सूँ-सूँ कर रही थीं। उनके स्याह और भौंरा और घुँघराले बाल हवा में उड़ रहे थे क्योंकि तक़रीर शुरू करने से पहले उन्होंने सामने की खिड़की खोल दी थी। बीबियाँ बड़बड़ा रही थीं। उनके कटे हुए बालों पर, बग़ैर आस्तीनों

के ब्लाउज़ पर और खुली हुई खिड़की से आती हवा पर। मगर उनकी तक़रीर भी शायद कम कँटीली नहीं थी क्योंकि तक़रीर के बाद उन्हें बेगम भोपाल ने खूब डाँटा। उस दिन की बेहयाई और बेबाकी का तहलका मच गया था और मैंने बेसमझे-बूझे उनके हर लफ़्ज़ को मोती समझकर पहन लिया था।

1938 ई. में रशीदा आपा 'अंगारों' वाली रशीद जहाँ बन चुकी थीं। अब उनकी सुलगती हुई आँखें पल्ले भी पड़ने लगी थीं।

और फिर मेरा वह हसीन डॉक्टर हीरो, शमई उँगलियाँ, नारंगी के शिगूफ़े और किरमिज़ी लबादे छू हो गए। मिट्टी से बनी हुई रशीदा आपा ने संगमरमर के सारे बुत ढहा दिए।

ज़िंदगी नंगी होकर सामने आकर खड़ी हो गई। उनसे घंटों बातें करके भी जी न भरता। जी चाहता उन्हें खा जाऊँ, क्या करूँ? जो रशीदा आपा से मिल चुके हैं, उन्हें अच्छी तरह जानते हैं अगर वो मेरी कहानियों की हीरोइनों से मिलें तो दोनों जुड़वाँ बहनें नज़र आएँगी क्योंकि अनजाने तौर पर मैंने रशीदा आपा ही को उठाकर कहानियों के ताक़चे में बिठा दिया कि मेरी कल्पना की हीरोइन वही हो सकती थीं। मगर जब ग़ौर से अपनी कहानियों के बारे में सोचती हूँ तो मालूम होता है कि मैंने सिर्फ उनकी बेबाक़ी और साफ़गोई को गिरफ़्त में लिया, उनकी भरपूर सीमाबी-शख़्सियत मेरी काबू में न आई। मुझे रोती-बिसूरती, हराम के बच्चे जनती, मातम करती नारी भावना से हमेशा नफ़रत थी। ख़्वाहमख़ाह की वफ़ा और वे तमाम खूबियाँ जो पूर्व की औरत का ज़ेवर समझी जाती हैं, मुझे लानत मालूम होती हैं। भावुकता से मुझे सख़्त कोफ़्त होती है। इश्क़ क़तई वो आग नहीं जो लगाए न लगे और बुझाए न बुझे। इश्क़ में मेहबूब की जान का लागू हो जाना, ख़ुदकुशी कर लेना, बावेला करना मेरे मज़हब में जायज़ नहीं। इश्क़ जागता हुआ दिलो-दिमाग़ है न कि जी का रोग।

यह सब मैंने रशीदा आपा से सीखा और मुझे यक़ीन हो गया कि रशीदा आपा जैसी लड़की सौ लड़कियों पर भारी पड़ सकती है।

देश विभाजन के बाद सिवाय फ़सादों के और कुछ ज़ेहन में बाक़ी न रहा। देश बिखरा, दुनिया बिखरी और इसके साथ कितने ही सुंदर मूल्य चूर-चूर हो गए। प्रयोजनवादी साहित्य के नारे ने और ज़्यादा गड़बड़ा दिया। 'क्यों लिखें और क्या लिखें' के भ्रमजाल में पड़कर और भी रास्ता गुम हो गया। प्रगतिशील लेखक संघ ने बहुत कुछ दिया और बहुत कुछ मिटा दिया। कितने नए साथी मिले और पुराने बिछड़ गए। और फिर वो शाख ही न रही जिस पे आशियाना था!

लेखक संघ के परख़च्चे उड़ गए। बंबई ग्रुप जिसकी तरफ़ लोगों की नज़रें उठा करती थीं, फ़िल्मों में ग़र्क़ हो गया। ज़ाहिर है सिर्फ़ रिसालों के लिए लिख कर रोजी-रोटी नहीं कमायी जा सकती और न उपन्यासों और कहानी संग्रहों से बंबई

का ख़र्च चल सकता है। फ़िल्म ही एक ऐसी लाइन है जहाँ अगर हाथ लग जाए तो क़लम चलाकर रोटी का सहारा हो सकता है।

फ़िल्मों के लिए लिखते वक़्त मालूम हुआ कि यहाँ न बेबाकी की धौंस चलती है न साफगोई काम आती है यहाँ तो वह हर चीज चाहिए जो छप्पर फाड़ कर दौलत लाए। यहाँ एक ख़ास बँधी हुई लकीर के मुताबिक़ चलना होगा.....लिहाज़ा चलने वाले चले और नाक के बल चले।

फ़सादों के बारे में तज्रबा सुनी-सुनाई से आगे न बढ़ पाया। 'धानी बाँके' और 'जड़ें' से ज़्यादा महसूस न कर पाई और न लिख पाई। मगर इन दो रचनाओं को लिखते वक्त मेरे दिल ने बड़े ज़ोरों की क़लाबाज़ी लगाई। इस वक्त़ तक मैंने जितनी कहानियाँ लिखी थीं उनमें माँ-बाप या तो थे ही नहीं, अगर थे तो निहायत फ़िज़ूल सी शै। उन्हें नज़रअंदाज़ करके ही मेरी दानिस्त में उनसे नजात पाई जा सकती थी। माँ-बाप सड़क का रोड़ा ही तो हैं जो औलाद के रास्ते में रुकावट के सिवा कुछ नहीं पैदा करते। "ये न करो, वो न करो।" अब तक मेरे दिमाग़ में बसा हुआ था लेकिन ये दोनों रचनाएँ लिखते वक्त मैंने अपनी माँ को देखा।

सब उन्हें अकेला छोड़कर पाकिस्तान जा चुके थे। मैं उनसे दूर जोधपुर गई। अम्माँ हमारे ज़ाती मकान के सामने एक छोटे से कमरे में मुंतक़िल हो गई थीं। हमारा अपना लंबा-चौड़ा मकान रिफ़्यूजियों के कब्ज़े में था।

मैं पहुँची तो ढंडार उजड़े हुए कमरे में मेरी अम्माँ बैठी थीं। अम्माँ को हम लोगों को चूमने-चाटने की कभी फ़ुरसत न मिली। मुझे नहीं याद इससे पहले कभी उन्होंने मुहब्बत का इज़हार किया हो मगर उस वक्त़ मुझे देखकर वह बच्चों की तरह फूट-फूटकर रोने लगीं। अपने क़याम के ज़माने में बार-बार मैंने देखा वह ख़ामोश खिड़की से अपने घर को तक रही हैं जहाँ भरे-पूरे ख़ानदान के साथ हम सब हँसी-खुशी रहते थे। बच्चे कुलाँचें भरते थे, लड़ाइयाँ होती थीं, मिलाप होते थे।

मैंने उनकी उम्र की तरफ़ देखा। उस अकेलेपन को देखा, मोटे-ताजे दस बच्चे पैदा करके भी वह अकेली थीं।

मेरे दिल में प्यार का तूफ़ान उबल आया। ममता जाग उठी। मैंने अपनी माँ की तरफ़ देखा, फिर अपनी बच्ची की तरफ़ देखा और इन दो हस्तियों के बीच मैंने खुद को जकड़ा हुआ पाया। अपनी माँ को देखकर मुझे दफ़े सारी दुनिया की बुढ़ियों पर प्यार आने लगा जो दुनिया को बसाती हैं, मर-मर कर जनम देती हैं, उन्हें पालती पोसती हैं, जो कुछ उन पर न्योछावर करती हैं न उनसे स्टाम्प लिखाती हैं, न पक्के काग़ज़ पर रसीद। अब अगर औलाद उनके बुढ़ापे का ख़याल करे तो फ़र्मांबरदार है जो अपने बाल-बच्चों के खर्चे से कुछ न बचे तो मजबूर है। पुराने ज़माने में बड़े-बूढ़ों को लोग बेकार जिंस समझकर ज़िंदा दफ़न कर दिया करते थे । यह सुनसान बुढ़ापा

किस क़दर मुहीब[1] शै है।

और यह भी इत्तफ़ाक़ ही था जो मेरी अपनी माँ से मुलाक़ात हो गई और कुछ सोए हुए तार जाग उठे। अभी कितने तार हैं जो मुर्दा, ख़ामोश सोए पड़े हैं। कौन जाने कौन से नए मिज़राब[2] और पैदा होंगे जिनकी चोट से बहुत-सी नींदें टूटेंगी। ठहरे हुए पानी पर काई जम जाती है। एक नन्हा-सा कंकर सतह पर गिरा है। काई छँट जाती है.....जगमगाती दुनिया का अक्स पानी की सतह पर लौ देने लगता है, इंसान एक क़दम आगे बढ़ाता है!

❑ ❑ ❑

---

1. भयानक।
2. सितार बजाने का छल्ला।